Les Loups du Millénaire

À propos de ce livre

Veuillez noter que cette œuvre de fiction contient des éléments explicites et sombres ainsi que des passages qui sont susceptibles de heurter la sensibilité d'un public non averti.

Ce livre est une fiction. Toute référence à des événements historiques, des personnages ou des lieux réels serait utilisée de façon fictive. Les autres noms, personnages, lieux et événements sont issus de l'imagination de l'auteur, et toute ressemblance avec des personnages vivants ou ayant existé serait totalement fortuite.

First published by Inkitt and Galatea

Ouvrage dirigé par Bénita Rolland
Traduit par Anaïs Papillon
Graphisme de couverture : Laetitia Kalafat

Pour la présente édition

34-36, rue la Pérouse
75116 - Paris
www.hugopublishing.fr

ISBN : 9782755663433
Dépôt légal : mai 2023
Imprimé en France par CPI Bussière

LES LOUPS DU MILLÉNAIRE

Traduit de l'anglais (États-Unis)
par Anaïs Papillon

TOME 2

SAPIR A. ENGLARD

Hugo Roman

Romantasy

ÉPISODE 1

TRADITIONS

Sienna

L'eau battait contre nos corps nus alors que nous nous tenions l'un en face de l'autre sous la chaude pluie d'été. Nos silhouettes scintillantes étaient baignées d'une lumière ambrée qui donnait à toute la prairie la couleur du bronze.

Ses yeux parcouraient mes courbes dans un désir non dissimulé.

J'ai rougi, peu habituée à cette attention.

La course avait duré des heures et nous avait amenés tout en haut d'une colline dominant l'île.

Au loin, les tours miroitantes du complexe hôtelier se détachaient à peine de l'horizon.

Nous nous sommes arrêtés seulement quand nous avons su que nous étions complètement seuls.

Viens là, m'a-t-il dit en joignant le geste à la parole.

Mon cœur battait la chamade, je me suis approchée de lui, de la vapeur s'échappait de ses épaules massives.

J'ai senti sa main calleuse sur ma joue quand il m'a attirée vers lui pour m'embrasser.

Bientôt, il était sur moi, nos corps se frottaient l'un sur l'autre sur l'herbe douce comme si nous essayions de démarrer un feu.

La pointe de son sexe a caressé l'entrée du mien dans un rythme excitant, écartant mes lèvres mais refusant d'y pénétrer.

C'était une torture insupportable.

Je l'ai attiré en moi, haletant de plaisir et d'une pointe de douleur. Il était allé plus profondément que jamais auparavant.

J'ai soupiré de plaisir, criant son nom, le suppliant de ne pas s'arrêter alors que la pluie s'abattait sur nous.

***

J'ai fermé le robinet, laissant les dernières gouttes d'eau couler sur ma poitrine.

Nous étions en hiver à présent, et notre lune de miel était terminée depuis longtemps, mais les douches chaudes me rappelaient toujours ce moment sur l'île, avec Aiden.

En sortant de la douche, la vapeur a enveloppé ma peau comme une couverture bien chaude.

C'était drôle de penser qu'un an plus tôt, je m'étais tenue dans la même salle de bains, furieuse d'avoir été contrainte de vivre chez Aiden. À présent, j'étais la compagne de l'Alpha de la meute de la côte Est, ne souhaitant rien d'autre que d'être ici avec l'homme que j'aimais.

– Tu as besoin d'aide, là-dedans ? a-t-il demandé à travers la porte, de sa voix de baryton.

– Non, je suis parfaitement capable de me sécher toute seule, merci beaucoup, ai-je répondu en me souriant à moi-même.

Ces douze derniers mois, il était devenu plus joueur, abaissant sa garde et me montrant une autre facette que la posture de dominant Alpha qu'il arborait pour le reste de la meute.

– Je serais ravi de pouvoir aider, a-t-il continué avec une insistance charmante qui m'a fait pouffer de rire.

– Couché ! ai-je répondu en m'enveloppant dans une serviette, toujours le sourire aux lèvres.

– Mais j'ai été un si gentil garçon, a-t-il protesté.

– Le plaisir est dans l'attente !

J'ai essuyé la vapeur d'eau du miroir tout en ébouriffant mes cheveux mouillés.

Puis j'ai ouvert la porte, j'ai fait un pas en avant et j'ai pressé mon corps trempé contre sa large poitrine, l'entourant de mes bras pour m'accrocher à son dos musclé.

Il a penché la tête comme pour m'embrasser, mais j'ai reculé.

– J'ai dit que le plaisir était dans l'attente et tu n'as pas attendu !

Je l'ai repoussé et j'ai parcouru mon dressing, m'assurant qu'il ait la meilleure vue sur mes fesses. Une fois à l'intérieur, j'ai jeté ma serviette pour qu'il sache bien que j'étais nue et j'ai tiré les portes coulissantes derrière moi.

Je venais à peine d'enfiler mes sous-vêtements que la porte a volé et que je me suis retrouvée dans les bras d'Aiden, ses lèvres sur les miennes, prises d'une fièvre passionnée.

Je me suis sentie reculer et nous nous sommes écrasés sur le lit recouvert d'oreillers. Tout le poids d'Aiden pressé contre moi dans une attente puissante. J'ai senti combien il était dur, moi, je mouillais déjà.

Il a déchiré son tee-shirt, révélant son torse ciselé et ses bras musclés. Sa poitrine était gonflée de désir, ses yeux vert doré pétillaient de désir.

Je me suis penchée pour embrasser mon Alpha. Ses lèvres étaient douces et chaudes et, comme chaque fois que nous nous touchions, c'était comme si je me fondais en elles.

– Je veux fonder une famille avec toi, Sienna, a-t-il dit soudain.

– Je sais, ai-je répondu. On le fera.

– Je veux dire maintenant. Je veux qu'on commence à essayer.

Les mots d'Aiden m'ont prise au dépourvu. Je savais que nous devions avoir cette conversation, mais je l'avais remisée ces six derniers mois.

Il y avait déjà tant de choses auxquelles m'habituer en tant que compagne de l'Alpha de la deuxième meute la plus puissante des États-Unis. Je ne pouvais plus m'habiller comme avant, je ne pouvais plus me promener sans gardes du corps et mes moindres faits et gestes étaient scrutés.

Plus de rencontres spontanées avec les filles chez Winston.

Plus d'après-midi apaisants dans le parc, seule avec mon carnet d'esquisses et mes pensées.

J'avais des devoirs maintenant, comme ceux de cet après-midi. C'était le premier jour du festival de la fertilité et la tradition voulait que je me transforme en compagnie d'Aiden et que je le laisse me monter devant la meute réunie.

Je pensais qu'Aiden plaisantait quand il m'en a parlé la première fois, mais je suppose que quand on est élevé comme un Alpha, on ne remet pas en question le statu quo ni les cérémonies archaïques.

Je ne suis pas issue de l'aristocratie de la meute. Avant d'être sa compagne, j'étais une jeune fille de dix-neuf ans, adoptée par un couple dont l'un des parents est humain, avec une sévère aversion pour tout ce qui est public.

L'idée d'être si vulnérable devant tant de gens me semblait absurde, humiliante, même. J'avais tenté de confronter Aiden, mais chaque fois que je mentionnais le sujet, il prenait le contre-pied et me disait à quel point ce n'était pas une grosse affaire et que c'était important pour la meute. Ce n'est pas comme si nous devions avoir des rapports sexuels, mais je considérais quand même que le laisser me grimper dessus était un acte intime et privé.

– Sienna ? m'a appelée Aiden, en pressant ma cuisse.

– Oui, désolée, j'étais ailleurs.

– Tu veux continuer ?

– Aiden, je ne sais pas si je suis prête…

– Qu'est-ce que tu veux dire… Ça fait un an. Les Alphas et leurs compagnons sont supposés commencer à essayer d'avoir des petits au début de la première Frénésie après qu'ils ont été unis. C'est la tradition.

Encore ce mot. « Tradition ». Je commençais à vraiment ne plus pouvoir l'entendre…

Et la Frénésie, cette fièvre pleine de désir qui possédait chaque loup-garou pendant la saison des amours, allait rendre les choses dix fois plus difficiles.

– Est-ce qu'on pourrait en reparler plus tard ? ai-je demandé, essayant de préserver cet instant romantique entre nous, qui menaçait de disparaître.

– Bien sûr, on peut en discuter après la cérémonie, a répondu Aiden en me couvant d'un regard tendre.

Plus je plongeais dans ses yeux, plus je sentais que je ne voulais pas prendre part au rituel de cet après-midi. Ça me tuait de devoir lui faire ça, et je savais que c'était ma faute d'avoir laissé traîner, mais quelque chose, au plus profond de moi, me signifiait que ça n'allait pas.

J'ai fui son regard et continué :

– À ce propos aussi, on devrait avoir une discussion…

– Qu'est-ce que tu veux dire ? Tu es nerveuse ? a-t-il demandé en me caressant le bras.

Et merde, pourquoi est-ce qu'il doit être si mignon, là, maintenant ?

Je ne pouvais plus reculer.

Nous n'avions plus le temps. Je devais lui dire ce que je ressentais maintenant..

– Aiden, je ne veux pas le faire.

Un air de totale confusion s'est installé sur son visage, et moi qui espérais qu'on pourrait régler ça sans avoir à se disputer !

– Pourquoi ? C'est juste une mise en scène devant la meute pour qu'ils puissent nous donner leur bénédiction afin qu'on essaie d'avoir un enfant.

– S'il s'agit juste d'une bénédiction, alors pourquoi est-ce qu'on a besoin de se transformer et de faire le reste ?

– C'est symbolique.

J'espérais qu'Aiden prendrait un moment pour écouter ses propres mots et réaliser à quel point son argument était faible, mais son expression de sincérité me prouvait que j'allais devoir expliciter mon opposition.

– Peut-être à tes yeux, mais je trouve que c'est dégradant.

– Ma mère l'a fait, ainsi que son père. Tu es ma compagne, Sienna. Personne ne va te juger…

– Il ne s'agit pas de ce que pensent les autres, Aiden. Il s'agit de mes propres limites.

– Écoute, a-t-il dit en se décalant pour s'asseoir sur le lit. Cela n'arrive qu'une ou deux fois dans une vie. Ce sera moins d'une minute, Sienna. Moins d'une minute. Les traditions sont ce qui unit une meute. Sans elles, nous perdons notre identité.

Encore ce stupide mot…

– C'est mon identité que j'ai l'impression de perdre en suivant toutes ces règles ridicules, ai-je répliqué.

Mon expression était ferme pour lui faire comprendre qu'il n'allait pas me faire changer d'avis.

– Bon, Sienna, oublie la meute. Fais-le pour moi, d'accord ? Et je te promets qu'à l'avenir je ne te demanderai plus jamais de faire quelque chose comme ça.

Aiden était mon monde, et j'aurais fait n'importe quoi pour le rendre heureux, mais à l'instant, je détestais qu'il ne m'écoute pas. En tant qu'Alpha, il n'avait pas l'habitude des compromis, mais s'il voulait que notre relation perdure, il allait devoir apprendre.

– Tu ne comprends vraiment pas mon point de vue ?

– C'est juste pour cette fois, Sienna, a-t-il répondu. Après, c'est toi qui décides, mon amour.

Je sentais bien qu'il n'allait pas céder.

– Je dois terminer de me préparer, ai-je dit en sautant du lit pour me rendre à nouveau dans le dressing.

– Tu as besoin d'aide ? a-t-il crié de son ton joueur.

– Non, je peux me débrouiller seule, ai-je répliqué sans enthousiasme.

– Ne prends pas trop longtemps, a-t-il dit en récupérant une chemise avant de m'envoyer un baiser et de sortir de la chambre.

J'ai passé la robe du festival et me suis regardée dans le miroir, en pensant à toutes les compagnes d'Alpha qui avaient dû se soumettre aux traditions et en me demandant si elles étaient aussi dégoûtées que moi.

Ce sera moins d'une minute, Sienna. Moins d'une minute.

***

La scène était construite dans une clairière de la forêt. De grands arbres avaient été taillés et leurs troncs liés ensemble pour créer une gigantesque plateforme sur laquelle Aiden et moi nous tenions. Derrière nous se trouvaient le reste du conseil ainsi qu'un invité surprise de marque, Raphael Fernández, l'Alpha du Millénaire.

Pas étonnant qu'Aiden n'ait pas voulu annuler le festival…

Devant nous, en contrebas, levant la tête avec excitation, se trouvait ce qui semblait être l'intégralité de la meute de la côte Est.

Un instant, j'ai cru voir une paire d'yeux violets, mais ce ne devait être que mon imagination. Je n'avais plus vu Ève depuis qu'elle s'était arrêtée à ma galerie, il y a six mois. Je n'avais pas non plus été éclairée quant à la signification du vague avertissement qu'elle m'avait adressé en partant, au sujet de mes parents biologiques.

Mais pas question de penser à ça maintenant, je devais participer à cet horrible rituel.

Les discours d'introduction ont été prononcés, et mon cœur s'est mis à battre à tout rompre. Je ne pouvais pas croire que j'allais faire ça. Je m'étais repassé le scénario en boucle dans la tête sur le chemin vers le festival.

Aiden m'a pris la main et l'a serrée pour me rassurer. Puis il s'est débarrassé de son peignoir, révélant sa sombre et impressionnante silhouette, et il a commencé à se transformer.

C'est le moment. Plus question de reculer, maintenant.

Je suis restée là, sans bouger. Un souffle a parcouru la foule comme une lame de fond. La forme massive du loup d'Aiden se tenait derrière moi, les yeux rivés sur ma forme humaine.

J'ai avancé jusqu'au micro et j'ai scanné les visages ahuris dans la foule. Ma main tremblait quand j'ai baissé le micro pour qu'il soit au niveau de mes lèvres.

Ce n'est pas trop tard, tu peux toujours te transformer.

Non, tu dois le faire, Sienna.

J'ai tenté de faire sortir les mots, mais ils sont restés bloqués. Mon adrénaline était au max, elle me serrait la gorge et chaque muscle de mon corps.

Tu es une Alpha également, Sienna, commence à te comporter comme telle.

J'ai fermé les yeux, occultant la vague de gens et tentant de mettre de l'ordre dans mes émotions. Ma gorge s'est desserrée et les mots ont commencé à sortir avant que j'aie une chance d'y réfléchir à deux fois.

– Je me tiendrai aux côtés de mon compagnon mais seulement comme son égale, pas comme sa proie. Je vous demande à tous votre bénédiction, mais je ne me transformerai pas.

Il y a eu un moment de silence, le temps que mes paroles fassent leur effet, puis des hurlements de colère sont montés de la foule. J'ai reculé sur le podium, ne sachant plus quoi faire à présent.

Les cris s'intensifiaient et les visages des spectateurs étaient empreints de haine. J'ai commencé à me sentir effrayée, menacée.

Est-ce que je venais de commettre une énorme erreur ?

ÉPISODE 2

Retour de flamme dans la meute

Sienna

J'ai senti un coup dans le dos et je me suis retournée vers Aiden, toujours sous sa forme de loup.

– Je suis désolée, je ne peux pas, ai-je dit en plaçant ma main sur son museau. C'est une tradition que je refuse de perpétuer.

Les yeux de loup de mon compagnon témoignaient de sa déception et de son sentiment de trahison. Ça m'a crevé le cœur comme si on l'avait poignardé. C'était trop à supporter. Il fallait que je m'échappe de là avant de m'effondrer. Je me suis retournée et je suis descendue du podium. Jocelyn était là.

– Sienna, attends !

– Jocelyn, je ne peux pas. Il faut que je m'en aille.

– OK, a-t-elle dit en me regardant et en comprenant que je n'étais pas en état d'écouter quoi que ce soit. Viens avec moi.

Elle a pris ma main et m'a emmenée loin des camionnettes de la presse. Les reporters et les cameramen m'entouraient, me cernant de leurs zooms et de leurs micros. Le temps que mes gardes du corps nous rejoignent, nous avions déjà atteint les voitures de la meute. Un des hommes de la sécurité a ouvert la porte d'une limousine et nous a fait entrer, Jocelyn et moi.

La porte s'est refermée et tous les sons de l'extérieur ont été instantanément étouffés. Alors que nous accélérions, j'ai regardé, à travers les fenêtres teintées, le groupe de loups en colère qui hurlaient en direction de notre voiture. Je ne pense pas m'être jamais sentie aussi détestée de toute ma vie.

Heureusement, Jocelyn était là.

En tant que guérisseuse de la meute, elle ne soignait pas que les blessures physiques, elle s'occupait aussi de celles de l'âme.

Nous étions devenues comme des sœurs au cours de l'année écoulée, et sa relation passée avec Aiden signifiait qu'elle le connaissait aussi bien que moi, si ce n'est mieux.

Cela étant dit, je ne m'étais pas livrée à elle concernant mes appréhensions. Elle avait été élevée dans le même cercle centré sur la meute qu'Aiden, et si elle avait décidé d'en prendre son parti, eh bien, j'avais préféré me lancer seule plutôt que de risquer notre amitié.

–Si, pourquoi ne m'as-tu rien dit ?

–Je ne pensais pas que tu comprendrais. Je pensais que tu me dirais les mêmes choses qu'Aiden.

–C'est-à-dire ?

–Que ce n'était rien. Que c'était important pour la meute. Que je surréagissais. Mais maintenant, je vois bien à quel point c'était idiot de tout garder pour moi. Et à présent, vous me détestez tous les deux…

–Je ne te déteste pas, Sienna. Et Aiden non plus.

–Oh, tu ne l'as pas regardé dans les yeux comme je l'ai fait, ai-je répondu en luttant contre les larmes.

–Je suis certaine qu'il était gêné, a répliqué Jocelyn. Et la présence de l'Alpha du Millénaire n'a sûrement pas arrangé les choses.

J'ai fondu en larmes en cachant mon visage entre mes mains.

–Merci de me le rappeler…

Jocelyn a mis son bras autour de moi pour me caresser les cheveux, essayant de me calmer. Je ne pouvais qu'imaginer ce qu'Aiden ressentait à présent. Je l'avais abandonné là-bas, avec la foule, avec Raphael.

J'étais une horrible compagne.

–Je pense qu'il y a autre chose que le rituel, a murmuré Jocelyn de sa voix apaisante de guérisseuse.

Parfois, je détestais qu'elle soit aussi douée dans son travail, mais je devais avouer que garder les choses pour moi ne fonctionnait pas.

De plus, je n'avais aucune raison de craindre le jugement de Jocelyn. Elle était ma meilleure amie. Je me sentais même embarrassée d'avoir pu douter d'elle une seule seconde.

–Aiden veut qu'on commence à essayer d'avoir un enfant, genre maintenant, et je ne suis pas prête du tout.

–Qu'est-ce qui te fait dire ça ?

–Je ne sais pas. C'est comme un sentiment qui pèse sur mes épaules. Je ne peux pas l'expliquer.

–Est-ce que cela a à voir avec Aiden ?

–En partie. C'est comme s'il voulait avoir des enfants uniquement parce que c'est la tradition. C'est fou, non ? On devrait avoir des enfants quand on le souhaite vraiment, pas parce qu'une règle antique dit que l'on devrait.

–Tu lui en as parlé ?

–Je ne veux pas qu'il pense que je suis ingrate ou que je ne veux pas d'enfants. Ce que je voudrais lui dire, c'est qu'une grande partie du monde dans lequel il a grandi repose sur des traditions merdiques.

–N'utilise peut-être pas ces mots-là, a répliqué Jocelyn en riant. Mais chaque relation saine est basée sur la communication.

Ce qui ne fonctionne que si son compagnon est prêt à écouter…

Frustrée, je me suis enfoncée dans la banquette, me repassant l'échange que j'avais eu avec Aiden avant que nous ne partions pour le festival, me maudissant de ne pas avoir réussi à m'imposer.

–Et l'autre partie ? a demandé Jocelyn.

– Quoi ? ai-je répondu en sortant de mes pensées.

– Quelle est l'autre facette de ce poids que tu ressens sur tes épaules ?

Je n'étais même pas sûre de le savoir, je savais juste qu'il était là, à planer sinistrement au-dessus de moi chaque fois que la question des enfants pointait son nez.

– C'est comme une peur tapie au plus profond de mon esprit.

– La peur de quoi ?

– Je ne sais pas. De l'inconnu, j'imagine.

– C'est normal d'appréhender l'avenir, Sienna. Surtout quand il s'agit de fonder une famille.

– Ce n'est pas tant à cause du futur que du passé, c'est à cause… de mes origines.

– Tu veux parler de ta famille ?

– Oui, mais pas de ma famille adoptive. Ma famille biologique. Je ne sais rien d'eux.

– Et qu'est-ce qui t'effraie à propos de ça ?

– J'ai été trouvée dans une voiture abandonnée. Je n'ai aucune idée d'où je viens. Avant de perpétuer tes gènes, tu ne voudrais pas savoir ce qu'ils contiennent ?

– La famille recouvre beaucoup plus que la génétique, Sienna. Regarde tes parents adoptifs. Tu penses qu'ils avaient quelque chose à faire de qui étaient tes parents quand ils t'ont ramenée chez eux ?

– C'est différent, ai-je protesté.

– Vraiment ?

– Bien sûr. J'ai été littéralement imposée à eux. Comment auraient-ils pu vérifier mes origines auprès de mes parents avant de me ramener chez eux ?

– Sienna, je pense que tu es trop obsédée par cette question. Les enfants que tu auras avec Aiden seront parfaits. Tu es une louve-garou totalement saine et aimante et il est Alpha. Ils auront la moitié de ses gènes aussi, tu sais.

– Facile à dire pour toi, tu n'as même pas de compagnon.

J'ai instantanément regretté d'avoir prononcé ces mots. Ne pas avoir de compagnon était un poids pour Jocelyn, et même si je n'avais pas pensé à mal en le disant, je savais que cela faisait de moi une horrible personne de l'avoir formulé aussi brutalement.

– Jocelyn, je ne voulais pas dire ça. J'essayais juste de…

– Ce n'est pas grave, Sienna. Je sais que tu as un million de choses en tête.

Son sourire rassurant m'a convaincue qu'elle n'avait pas mal pris ma remarque. J'ai soupiré de soulagement.

– Il va falloir que tu parles à Aiden, cependant… à propos de ces deux sujets.

Comme d'habitude, Jocelyn avait raison, mais comment approcher Aiden après avoir fait ce que je venais de faire ?

– Bon, ça, c'est ton conseil pour réparer ma relation avec mon compagnon. Mais que dois-je faire pour réparer mon image auprès de la meute ?

– Je suis guérisseuse, pas faiseuse de miracles, a répondu Jocelyn en levant les mains.

J'avais mis mon téléphone sur silencieux lorsque nous étions montées dans la voiture, m'attendant à un torrent de notifications, mais maintenant que je vérifiais l'écran, j'ai constaté que je n'avais des messages que de ma mère et de Selena.

Jocelyn mise à part, c'étaient les deux seules personnes à qui j'avais envie de parler pour l'instant. Je savais qu'elles ne me jugeraient pas.

– Réponds-leur, a dit Jocelyn. Je t'ai donné tous les conseils possibles, de toute façon.

Maman : Ma chérie, appelle-moi.
Maman : Je ne suis pas fâchée, je veux juste m'assurer que tu vas bien.
Maman : N'écoute pas ce que ces horribles gens disent dans les médias.
Maman : Sienna ?
Sienna : Salut.
Sienna : Merci de prendre de mes nouvelles, m'man.

Sienna : Je vais bien.
Maman : Ce que tu as fait était si courageux !
Maman : Ton père et moi sommes là pour toi. Nous t'aimons fort.
Sienna : Merci. Ça me touche beaucoup.
Maman : Tout cela m'aide à voir qui sont mes véritables amis.
Maman : Patty a débarqué à la maison et a commencé à dire des choses vraiment pas sympas.
Maman : Je ne pense pas que je lui adresserai de nouveau la parole.

Oh, là, là ! Ma mère était sérieusement en train de perdre des amis à cause de ce que j'avais fait ? C'était la dernière chose que je voulais voir arriver.

Je n'avais pas voulu diviser la meute. Et qu'est-ce que les médias disaient à propos de moi ?

Selena : Ma sœurette, toutes les filles du boulot pensent que tu es géniale ♀
Selena : Je suis si fière qu'on soit de la même famille !
Selena : Même si je l'étais déjà avant lol
Sienna : Merci, ma sœur
Sienna : J'apprécie vraiment ton soutien.
Selena : Je vais commencer à bosser sur une nouvelle collection.
Selena : Je vais l'appeler « ÉMeute féministe ».
Selena : Je vais trop loin ?
Sienna : Tu as toujours le mot juste, Boucles d'Or

Alors, comme ça, je détruisais des amitiés *et* j'étais le fer de lance de mouvements sociaux.

Super.

***

La voiture nous a déposées à la Maison de la Meute. J'avais pensé un moment me faire conduire à la maison, mais les nombreux textos et messages vocaux d'Aiden m'indiquaient clairement qu'il avait besoin de gérer la situation et serait là pour le reste de la journée.

Quand je suis arrivée à son bureau, il était au téléphone. Il a levé un doigt pour me faire comprendre qu'il en avait pour un moment.

Son visage était celui d'un homme harassé de travail, pas celui d'un compagnon en colère, ce qui m'a un peu soulagée.

Mais, quand même, la distance entre nous m'agaçait.

J'ai commencé à réfléchir à ce que j'allais lui dire quand il aurait raccroché. Comment est-ce que je commencerais ? Et s'il me disait qu'il allait travailler tard et que je devais rentrer sans lui ?

–Bonjour, petite fille.

Avait-il déjà fini ? Je n'avais toujours aucune idée de ce que j'allais lui dire.

–Salut, Monsieur Loup, ai-je répondu, en gagnant du temps. Je voulais savoir si tu avais besoin que je te reconduise chez nous ce soir.

Comment ça, le reconduire chez nous ? Non ! Je voulais savoir si on pouvait parler de ce qui venait de bouleverser nos vies.

–Ça dépend de qui conduit, a-t-il répondu en s'avançant vers moi avec un chic qui m'a fait saliver.

Concentre-toi, Sienna.

Au lieu de m'embrasser comme je l'aurais voulu, il s'est arrêté à quelques pas de moi et a croisé les bras, attendant apparemment que je lui réponde.

Je ne pouvais pas supporter la tension entre nous. C'était comme attendre que l'autre fasse le premier pas. Notre flirt coquin de ce matin semblait remonter à des millénaires.

–Aiden, je voudrais qu'on parle de cet après-midi.

–Oui, quoi ?

–Ne fais pas ça.

–Quoi donc ?

– Ne m'oblige pas à te faire un dessin. Tu sais très bien que je suis désolée à propos de tout ça. Ce n'était pas mon intention de…

– Écoute, Sienna, j'ai compris pourquoi tu ne voulais pas [redacted]er.

[redacted]ourquoi est-ce que tu es si froid ?

[redacted]pas dit que j'étais d'accord avec ce que tu as fait, a-t-il répondu, son expression se faisant soudain pleine de dédain.

Je n'arrivais pas à savoir ce qui me blessait le plus, le fait qu'il comprenne la douleur que ça allait me causer et qu'il me pousse tout de même à le faire, ou le fait que, même après coup, il soit contrarié par ma décision.

Tout espoir de réconciliation s'était évaporé et a été immédiatement remplacé par une rage bouillante.

Je me suis mise à crier :

– Pourquoi est-ce si dur pour toi de laisser tomber ces stupides traditions ? Tu ne vois pas qu'elles nous déchirent, Aiden ? Et pour quoi ? Pour que la meute puisse dormir sur ses deux oreilles, sachant que leur Alpha et sa compagne sont chez eux à s'envoyer en l'air toutes les nuits, essayant de concevoir leur prochain Alpha ?

– Pourquoi est-ce qu'on ne parlerait pas de tout cela demain ? On a tous les deux eu une grosse journée…

Je ne pouvais pas croire qu'il tentait de mettre ça de côté comme si c'était un vulgaire point de son agenda. Sa nonchalance n'a fait qu'attiser le feu qui se déversait de ma bouche.

– Soit on parle de ça maintenant, soit tu cherches un autre toit pour ce soir !

Au moins, comme ça, il savait que j'étais déterminée.

Il m'a répondu d'un ton parfaitement neutre :

– On se verra demain matin, alors.

Je ne pouvais pas croire ce qui était en train de se passer.

Qu'est-ce que j'avais fait ?

ÉPISODE 3

VISITEURS INATTENDUS

Sienna

C'était la première nuit que je passais seule depuis que nous nous étions unis. J'ai à peine fermé l'œil, me repassant encore et encore la scène dans le bureau d'Aiden. J'aurais aimé pouvoir revenir en arrière et gérer la situation différemment.

C'était comme si une moitié de moi manquait quand je me suis réveillée ce matin-là. Je ne pouvais même pas manger. Les affres du regret avaient annihilé tout appétit.

Je n'ai même pas pu aller à la Maison de la Meute. À la place, j'ai passé la journée chez mes parents, à peindre. Quand j'avais besoin de m'éclaircir les idées, je me retirais généralement dans le studio attenant à la galerie, mais c'étaient des cadeaux d'Aiden et je ne voulais pas qu'il obscurcisse mon jugement.

Mais je savais que je ne pourrais pas l'éviter pour toujours. Pas seulement parce qu'il était mon compagnon mais aussi parce que, ce soir, se tenait la baby-shower de ma sœur. Elle et son mari, Jeremy, attendaient leur premier enfant, Aiden et moi étions ses parents-de-lune, notre présence était requise.

Une heure avant d'aller au restaurant, il s'est garé devant notre maison. Je m'y étais rendue plus tôt, dans l'idée de nous réconcilier, et je l'attendais dans la cuisine. La porte du garage s'est ouverte. Il est entré en arborant la même expression indifférente que je lui avais vue la veille, avant que je ne claque la porte de son bureau.

Il m'a regardée, absolument pas surpris de me trouver là.

– Tu as peint quelque chose à ton goût ?

– Comment sais-tu que… (Je me suis interrompue en remarquant les taches de peinture séchée sur mes mains.) Écoute, Aiden, est-ce qu'on pourrait juste faire bonne figure pour ce soir ?

– Je ne pense pas être celui qui posera problème. Pour moi, l'idée d'avoir un enfant est quelque chose de merveilleux.

– Je n'ai jamais dit que je ne voulais pas d'enfant. Clairement, tu n'as pas écouté un mot de ce que je me suis évertuée à te dire.

– Être ma compagne signifie que notre famille ne se restreint pas à toi et moi. Il s'agit de toute la meute.

– Amusant de la part d'un type qui n'adresse même pas la parole à ses propres parents. Ça fait combien de temps qu'ils ne font plus partie de ta vie ? Dix ans ?

– C'est compliqué, Sienna.

– Et ça, non ? Je trouve affreusement hypocrite de ta part de vouloir une famille alors que tu fournis si peu d'effort pour rester en contact avec la tienne. Ils ne sont même pas venus à notre cérémonie d'union.

– Je ne répéterai pas les mêmes erreurs qu'eux.

Il a marqué une pause, puis soupiré.

– Si tu comptes être comme ça, je ne pense pas que je devrais venir ce soir. Tu pourras leur dire que j'ai été retenu au travail.

– Je ne vais pas faire ça parce que, contrairement à toi, je tiens à être présente pour ma famille, et tu vas être le père-de-lune de ma future nièce, alors tu viens, que tu le veuilles ou non. La meute est peut-être ma famille désormais, mais cela va dans les deux sens, et Selena est ta famille également.

Je ne l'avais pas remarqué jusqu'à présent, mais mes poings étaient serrés et mes ongles s'enfonçaient dans mes paumes.

Je n'avais pas réalisé que, peut-être, la mauvaise relation d'Aiden avec ses parents était la raison même pour laquelle il était si catégorique sur le fait d'en fonder une pour le bien de la meute. Avant que je n'arrive dans sa vie, ils étaient ce qui ressemblait le plus à une famille. Peut-être que cette soirée allait lui faire du bien, il verrait comment une famille saine fonctionne.

J'espérais juste que Selena et ma mère ne seraient pas tellement accaparées par l'idée du bébé qu'elles prendraient le parti d'Aiden quand la question serait soulevée, ce qui ne manquerait pas d'arriver.

Nous nous sommes changés en silence. Un contraste effarant entre notre comédie de l'autre matin et maintenant. Je n'ai pas pu m'empêcher de jeter un regard quand il a remonté son pantalon sur ses jambes musclées et son cul ferme. J'étais peut-être en colère contre lui, mais il était toujours mon compagnon, et la distance me tuait.

Je le désirais profondément. Chaque partie de moi brûlait de ses caresses, du goût de ses lèvres.

Quand la Frénésie frapperait, j'ignorais ce que j'allais faire. Cela nous transformerait tous les deux en animaux sexuels déchaînés, littéralement. L'année dernière, mon sexe aurait pu exploser sous l'effet d'un seul regard d'Aiden.

– Est-ce que tu comptes me dévisager toute la soirée ou enfin terminer de te préparer ? a-t-il demandé, me tirant de ma rêverie.

– Ne te jette pas des fleurs, je vérifiais juste que ta tenue était convenable.

– Alors, maintenant, je suis un tyran *et* je ne sais pas m'habiller ?

– Arrête d'être désagréable, ai-je lancé, en sentant que je m'énervais.

– Hé, Sienna, a-t-il dit en serrant son nœud de cravate.

– Quoi ? ai-je répliqué, m'attendant à une autre remarque acerbe de sa part.

–Tu es splendide.

J'ai essayé de me contrôler, mais j'ai tout de même rougi. C'était un bâtard, mais je l'adorais pour ça.

–Dépêche-toi ou on va être en retard, ai-je dit en attrapant mon manteau. On se retrouve dans la voiture.

***

Nous avions rendez-vous dans un restaurant thaï du centre-ville où Selena était allée avec Jeremy le soir où ils auraient conçu le bébé. Un fait que ma sœur s'était empressée de me raconter pendant qu'elle organisait la fête.

Selena donnait tout le temps beaucoup trop de détails, probablement parce qu'elle savait à quel point cela me mettait mal à l'aise de l'entendre parler de sa vie amoureuse. J'imagine que c'est comme ça pour tous les frères et sœurs.

Aiden avait eu un grand frère, Aaron, décédé onze ans auparavant, après que sa compagne avait été tuée dans un accident du travail.

Tel est le pouvoir de l'union entre deux compagnons. Si l'un des deux meurt, l'autre le suit peu après. Un cœur ne peut pas battre sans son partenaire.

Cela s'était passé à peu près au moment où il avait arrêté de parler à ses parents. D'après ce qu'Aiden m'avait raconté, ils avaient très mal pris la mort d'Aaron et s'étaient enivrés dans un tourbillon de voyages et d'extravagances pour se divertir.

Pour ma part, je n'avais aucun problème avec le fait qu'ils ne fassent pas partie de nos vies. S'ils étaient capables de laver le cerveau de leur fils pour le pousser à suivre ces maudites traditions de meute, alors de quoi d'autre seraient-ils capables ?

Assise dans la voiture, je regardais les lampadaires défiler, et les lumières de la ville qui traversaient la nuit comme des grappes de lucioles, figées dans des prisons géométriques. Je me suis tournée vers Aiden, son visage fraîchement rasé passait de l'ombre à la lumière au gré des rues que nous traversions.

Personne ne m'avait préparée à un tel amour, le genre où l'on pouvait regarder son partenaire pendant des heures sans prononcer un seul mot et simplement être heureuse. J'étais envahie par l'envie de le toucher, de me connecter à lui.

J'ai glissé ma main sur la sienne qui tenait le levier de vitesse. Il a semblé l'ignorer, et je me suis aussitôt sentie idiote. J'ai commencé à la retirer quand il m'a arrêtée.

– Laisse-la, a-t-il dit doucement, gardant nos doigts entremêlés.

***

Avant que je ne m'en aperçoive, nous étions au restaurant. Aiden a confié les clés au portier et nous sommes entrés.

J'ai entendu ma mère avant de l'apercevoir, son rire était reconnaissable instantanément et portait loin.

Selena et elle étaient clairement plus extraverties que moi, mais j'imagine que ça faisait sens, sachant que Selena était sa fille biologique. C'était de petits détails comme ceux-là qui me faisaient hésiter à avoir mes propres enfants. De quoi est-ce que mes petits hériteraient ? J'avais besoin d'en être certaine.

– Sienna ! Oh, tu es splendide ! s'est écriée ma mère quand nous sommes entrées dans la salle de banquet. Aiden, toujours aussi chic, comme à ton habitude.

– C'est pour toi, Melissa, a-t-il répondu en l'embrassant sur la joue.

– Du calme, a dit mon père en s'avançant pour le serrer dans ses bras. Je ne suis peut-être qu'humain, mais je peux sentir quand quelqu'un tente de se rapprocher de ma compagne !

– Comment vas-tu, Robert ? Tu as hâte de devenir grand-père ?

– Oui, mais pas autant que Melissa se languit d'être grand-mère. Elle a déjà transformé l'ancienne chambre de Selena en nursery et, maintenant, elle sécurise toute la maison pour le bébé.

– Oh, arrête, a répondu ma mère en lui donnant une petite tape sur le bras. Tu me fais passer pour une folle. J'aime tout bien préparer à l'avance, c'est tout. En parlant de ça, côté bébé, ça avance ou…

–Melissa, pourquoi tu ne viendrais pas m'aider avec les cadeaux, a dit mon père en l'attrapant par le bras. Laisse-les aller dire bonsoir à Selena.

–Oh, bien sûr, on continuera notre discussion plus tard, a dit ma mère en prenant une autre gorgée de vin.

Mon père m'a lancé un regard complice et je l'ai remercié de m'avoir évité une discussion malaisante. Étrangement, il savait toujours ce que je ressentais même quand je ne lui disais rien.

–Ma sœur! a hurlé Selena en s'approchant avec son gros ventre.

Elle resplendissait.

–Je suis si heureuse que tu sois là, désolée à propos de maman, j'ai arrêté de surveiller combien de verres elle a bus.

–Ce n'est pas grave, ai-je répondu en riant. Laisse-la profiter de la soirée.

–Eh bien, elle pourra aussi profiter quand ce sera ton tour. Même si ce n'est pas pour tout de suite.

–Merci pour la précision, ai-je rétorqué en levant les yeux au ciel.

La conversation autour de la table tournait bien sûr autour des bébés et, les quelques fois où on commençait à me poser trop de questions, Selena était suffisamment futée pour changer de sujet.

Je savais que tout le monde voulait m'interroger au sujet du festival et j'étais persuadée que si personne ne le faisait, c'était surtout parce qu'Aiden se tenait à mes côtés. Les loups aiment les ragots tout autant que les humains, mais dire du mal de la compagne d'un Alpha en sa présence équivalait à signer son arrêt de mort.

Malgré tout ce qui se passait entre nous, Aiden était aussi charmant que d'habitude. J'appréciais l'effort qu'il faisait pour que ces événements restent centrés sur ma famille et ne soient jamais écrasés par sa célébrité.

–J'aimerais porter un toast, s'est exclamé Jeremy en se levant. À ma fantastique femme, Selena, bientôt mère de notre magnifique petite fille. Je t'aime, ma chérie, et j'ai hâte d'élever cette petite merveille avec toi.

– Amen ! a ajouté une voix qui m'était étrangère.

Je me suis tournée pour découvrir un homme et une femme d'une cinquantaine d'années dans l'encadrement de la porte.

Elle avait des cheveux bouclés noir de jais qui lui tombaient sur les épaules et portait une jupe-culotte rouge en tissu de plaid et un haut marine ample. Lui était d'une taille étonnante et était vêtu d'un blazer garni d'un affreux nœud couleur lavande.

Quelque chose, dans son visage me semblait familier, mais la raison m'échappait.

– Qu'est-ce qu'ils fichent ici ? s'est exclamé Aiden.

– Tu les connais ? ai-je répondu, un peu confuse.

– Oui. Ce sont mes parents.

ÉPISODE 4

JEUX D'OMBRE

Sienna

Tout en préparant le café, je m'efforçais d'entendre des bribes de la conversation qui se déroulait pendant que je n'étais pas dans la pièce. Les conséquences sur la fête de Selena n'avaient pas été aussi difficiles à vivre que je l'aurais cru. Après un moment de choc, tout le monde s'était mis à échanger des banalités, ils étaient mes beaux-parents, après tout.

Aiden, cependant, s'est dépêché de les faire partir. Il voulait que je reste, mais je tenais à les accompagner. Ils avaient forcément une raison pour se montrer à ce moment-là et je voulais être au courant.

J'ai terminé de préparer le plateau et l'ai apporté dans notre salon, où ils étaient assis. J'ai souri à la mère d'Aiden et elle m'a retourné un sourire pincé. Je savais qu'elle était en train de me juger.

– Charlotte, si vous me permettez de demander, comment étiez-vous au courant de la soirée de ma sœur ?

– Oh, ma chère, quelle question saugrenue ! a-t-elle répondu avec un rire condescendant.

Elle a tapoté ses lunettes de soleil de marque contre ses lèvres en riant comme pour se donner l'air pensif.

– Nous savons toujours où se trouve Aiden, a-t-elle continué en soulevant la tasse de café comme si c'était la première fois qu'elle en voyait une. Aiden, est-ce que toute ta porcelaine est sale ?

Je voulais aimer cette femme, je le voulais vraiment, mais si elle se comportait de cette façon, je n'étais pas sûre d'y parvenir.

– Où comptez-vous dormir ? a demandé Aiden, essayant de changer de sujet.

– Que veux-tu dire ? a répondu Daniel. Tu as toujours une maison d'invités, n'est-ce pas ?

Oh non, il faudra me passer sur le corps.

J'ai bougé subtilement mon pied sur celui d'Aiden et lui ai écrasé les orteils.

– Je ne suis pas certain qu'elle soit du standing de maman, a-t-il argué.

Bon garçon.

– Oh, on s'en contentera, a répondu Daniel en avalant son café. Et puis, nous loger ailleurs serait contre-productif au regard du but de notre visite.

– Et quel est le but de cette visite, au juste ? ai-je demandé le plus innocemment possible.

– Eh bien, faire votre connaissance, ma chère, a répondu Charlotte. Je voulais voir quel genre de fille s'était unie à mon fils.

– Si vous étiez si intéressés que ça, vous auriez pu faire l'effort de venir à notre cérémonie, a lancé Aiden, l'air sombre.

– Ne fais pas ta mauvaise tête, Addy. Les cérémonies d'union ne sont rien que de l'apparat et des galimatias. Ce n'est pas comme si vous aviez à vous transformer ou quoi que ce soit du genre.

Charlotte a laissé ces derniers mots sortir de sa bouche comme de l'acide.

Quelle pétasse de classe internationale !

Alors c'était à cause du festival de la fertilité. J'avais provoqué un scandale et, maintenant, elle voulait voir qui avait osé déranger le monde parfait d'Alpha de son fils chéri.

–Avez-vous décoré la maison seuls ou avez-vous fait appel à un professionnel ? a demandé Charlotte tout en scrutant la pièce.

–Je l'ai fait moi-même, ai-je répliqué.

–C'est bien ce que je pensais, a-t-elle ajouté en portant son mug à ses lèvres. Hum… a-t-elle laissé échapper en le reniflant.

–Il y a un problème ? Je peux vous proposer autre chose à boire.

Elle a reposé son mug.

–Non, c'est parfait. Je ne crois pas être d'humeur à avaler plus de liquide, c'est tout. Addy, qu'est-ce qui t'a pris d'acheter ce tableau ? C'est un brin amateur, ne trouves-tu pas, ou bien est-ce l'intention de l'artiste ?

–C'est Sienna qui l'a peint, en fait, a répondu Aiden. Elle a sa propre galerie.

–C'est donc ça, votre occupation, quand vous ne faites pas les gros titres, a remarqué Charlotte, ses stupides lunettes de soleil toujours aux lèvres.

Daniel s'est levé.

–Aiden, et si tu utilisais ces muscles pour nous aider à apporter les bagages à l'intérieur ?

Aiden m'a glissé un regard signifiant qu'il n'y pouvait rien et j'ai répondu avec un sourire forcé.

Je l'ai regardé quitter la pièce avec son père et je me suis sentie comme abandonnée sur une île déserte en compagnie d'une lionne affamée.

–Vous n'avez aucune idée de la chance que vous avez, a déclaré Charlotte en s'appuyant au dossier de sa chaise. J'avais vingt-quatre ans quand je me suis unie à Daniel. Quel âge avez-vous, déjà ?

–Vingt ans.

–Alors, vous n'aviez que dix-neuf ans ? Quelle idée ! a-t-elle rétorqué, amusée. Cela explique beaucoup de choses. Dix-neuf ans, on n'a pas idée…

– Pardon ?

– J'essayais de comprendre pourquoi vous aviez mis un point d'honneur à tourner mon fils et l'intégralité de la meute en ridicule. Maintenant, il apparaît clairement que vous ne saviez tout simplement pas ce que vous faisiez. Ne vous inquiétez pas, nous allons arranger ça en un rien de temps.

– En fait, je savais exactement ce que je faisais, ai-je lâché en retour.

– Et quelles étaient vos raisons, ma chère ?

– Je voulais dénoncer des pratiques archaïques d'un rituel qui me mettaient extrêmement mal à l'aise.

– Et vous ne vous êtes pas demandé un seul instant pourquoi, depuis les milliers d'années que la meute existe, vous étiez la première à refuser de vous transformer ?

– Les temps changent.

– Oui, ma chère, c'est le cas, mais les gens, eux, ne changent guère.

– Clairement, ai-je marmonné. Je devrais sans doute aller voir si Aiden et Daniel ont besoin d'aide.

– Non, c'est bon, a indiqué Aiden, traînant une effroyablement grande valise en cuir à chaque main.

– Tu es certain ? Je peux aller faire le lit.

– Non, je vais m'en charger quand j'en aurai fini avec ces valises.

– Dans ce cas, si personne n'a besoin de moi, je pense que je vais me retirer pour la nuit.

– Il est seulement vingt et une heure trente, a protesté Daniel. J'allais justement nous préparer des manhattans.

– Est-ce qu'on pourrait faire ça demain ?

– Bien sûr, on se verra demain matin, ma chère, a-t-il consenti.

– Vous comptez rester combien de temps, maman et toi ? a demandé Aiden.

– Tu es déjà las de nous avoir près de toi ? a riposté Charlotte en jouant avec ses lunettes.

J'avais envie de les lui arracher des mains et de les casser en deux. Cette femme qui avait l'audace de venir chez nous pour me dire que mon action était puérile.

Je n'en avais rien à faire qu'elle soit ma belle-mère, cette femme allait voir quel genre de femme j'étais.

– Sienna et moi avons beaucoup de choses à discuter, a expliqué Aiden. Vous savez ce que c'est d'avoir une meute à gérer. Je veux juste m'assurer que vous ayez conscience qu'on ne sera pas tout le temps là pour vous tenir compagnie.

– Ne t'en fais pas pour nous, Addy. Ton père et moi n'avons pas besoin d'être baby-sittés, nous savons que tu dois déjà bien assez le faire, a-t-elle répondu en me jetant un regard

Cette connasse me cherche.

– Bonne nuit, tout le monde, Charlotte et Daniel, je vous verrai demain matin.

– Je monte dans pas longtemps, m'a dit Aiden. J'essaierai de ne pas te réveiller.

– Oh, ne t'en fais pas pour moi, chéri, ai-je répondu en attrapant son visage et en collant nos lèvres.

J'ai bien sûr pris soin que ma langue parcoure toute sa bouche avant de le laisser partir.

– Ne sois pas trop long.

J'ai lancé un regard plein de malice à Charlotte qui fulminait en silence.

Quand j'ai fermé la porte de la chambre, j'ai su qu'il n'était absolument pas question que je reste dans cette maison le lendemain.

Il me fallait une excuse pour m'extirper de là.

Sienna : Qu'est-ce que tu fais demain ?

Michelle : Rien d'intéressant, en vrai.

Michelle : Pourquoi ?

Sienna : Les parents d'Aiden ont débarqué à la fête de ma sœur hier.

Michelle : QUOI ?????

Michelle : OMG ! Tu as besoin de mon aide ?

Michelle : Ils sont comment ?

Sienna : Non, on se verra demain.

Sienna : Je passe te prendre à 9h.

Sienna : Son père a l'air sympa.
Michelle : Et sa mère ?
Sienna : Je t'en parle demain.
Michelle : Ooooooh 😮
Michelle : Trop hâte 🙋

Chaque fois que Michelle et moi avions besoin de temps pour nous, nous devions fausser compagnie aux gardes du corps qui m'accompagnaient systématiquement quand je sortais de chez moi ou de la Maison de la Meute.

J'avais toujours pensé qu'un tel niveau de sécurité était ridicule, d'autant que j'étais une louve dominante qui pouvait très bien se défendre elle-même, mais désormais, il y avait des groupes devant la Maison de la Meute réclamant que je sois « remise à ma place », donc la présence des gardes ne me gênait plus tant que ça.

Depuis que Michelle s'était unie au Bêta d'Aiden, Josh, nous avions toutes deux eu beaucoup d'efforts à fournir pour nous adapter à nos nouvelles vies. Cela dit, sa transition avait été beaucoup plus douce que la mienne. Michelle raffolait des vêtements de luxe et des règles de bonne conduite.

Contrairement à moi, elle a toujours adoré être au centre de l'attention.

Le matin suivant, tout en enfilant mes chaussures, j'ai préparé une excuse pour ne pas avoir à assister au petit déjeuner, mais quand je suis descendue, Aiden m'a informée que ses parents étaient déjà partis pour la journée, ce qui m'allait parfaitement.

Et si sa mère pouvait ne jamais revenir, ce serait encore mieux.

Quand je suis arrivée chez Michelle, elle m'attendait déjà dehors. Les ragots étaient son carburant, et elle savait qu'elle allait en avoir des litres.

Elle s'est assise à côté de moi à l'arrière et m'a prise dans ses bras.

– Si ! Je n'ai littéralement pas pu fermer l'œil de la nuit après tes messages !

– Ce n'est pas si excitant, crois-moi.

– Tu plaisantes ? C'est encore mieux que quand Mia s'est retrouvée enceinte de jumeaux !

– Est-ce qu'on doit toujours tout ramener aux enfants ?

– Désolée, désolée, j'ai oublié…

– Où allons-nous, Mesdames ? a demandé le garde du corps.

J'aurais vraiment aimé qu'ils ne changent pas si souvent pour que je puisse me souvenir de leur prénom.

– Ptose, s'il vous plaît, a indiqué Michelle. Nous allons essayer quelques robes.

– Du shopping ? Vraiment ? Tu n'as pas trouvé meilleure excuse ?

– Tu m'as prévenue au dernier moment, Si, alors j'ai dû improviser.

– J'imagine que ça fera l'affaire, j'ai répondu avec sarcasme.

La boutique de robes que Michelle avait sélectionnée n'aurait pas pu être plus féminine. Mon garde du corps était clairement mal à l'aise, debout entre les tables fleuries et les mannequins habillés de couleurs flashy.

– On va essayer celles-ci, a dit Michelle, en attrapant des robes au hasard sur les portants.

Une fois hors de vue, une des employées s'est approchée et Michelle lui a tendu les robes et un billet de cinquante.

– Jas, fais semblant de choisir des robes pour nous et, dans dix minutes, tu pourras lui dire qu'on a disparu, pour ne pas avoir de problèmes.

– Bien compris, a répondu l'adolescente pleine de punch.

J'avais normalement un pic d'adrénaline chaque fois que nous nous échappions mais, cette fois, j'avais un mauvais pressentiment.

– Michelle, peut-être qu'on devrait rester avec mon agent de sécurité, cette fois. J'ai énervé pas mal de gens au festival. Je me fiche qu'il nous entende parler.

– Si, s'il te plaît, a répondu Michelle en sortant un bonnet, une écharpe et une énorme paire de lunettes de son sac. Tu ne croyais pas que j'allais organiser cette journée sans prendre en compte ta sécurité ? C'est juste l'histoire d'une heure ou deux. Ne sois pas si trouillarde, Madame Alpha.

Une voix, dans ma tête, me disait de ne pas y aller, mais peut-être est-ce que j'étais trop prudente.

– Tu as raison, allons-y.

Et j'ai enfilé le déguisement.

Jas nous a conduites dans le couloir et a déverrouillé la sortie de secours.

– OK, je suis impressionnée, ai-je dit alors que nous passions les portes et entrions à l'arrière d'un taxi.

– Tu vois, j'ai tout prévu, meuf.

– J'ai tellement hâte que ça se calme.

– On est deux. Josh était super énervé par tout ça, mais je l'ai recadré.

– Tu n'avais pas à faire ça, Michelle.

– Tu plaisantes ? Je veux dire, si j'avais été à ta place, j'aurais laissé Josh me grimper dessus autant qu'il voulait. Encore plus devant une telle foule. Ce genre de trucs, ça m'excite à fond. Mais chacun son truc. C'est ce qui nous rend uniques, n'est-ce pas ?

– En effet, oui, j'ai répondu en riant. De quoi j'ai l'air ?

– D'une salope sexy, a dit Michelle avec un sourire coquin.

Alors que nous nous éloignions du centre commercial, je ne pouvais pas m'empêcher de penser que nous étions suivies. J'ai jeté un coup d'œil à travers la lunette arrière, mais je n'ai rien repéré d'anormal.

Tu es parano, relaxe.

– Alors, Michelle, on va où ?

– Où est-ce que tu crois qu'on va aller avant onze heures, un jour de semaine ? Boire des putains de *mi-mo-saaaas !*

ÉPISODE 5
RENTRER DANS LE RANG

Aiden

Je n'étais pas stupide. Je savais que mes parents n'étaient pas en ville par pur désir de rattraper le temps perdu. Après la mort d'Aaron, ils avaient été très clairs quant à leurs priorités désormais. Bien sûr, j'étais aussi responsable qu'eux de ne pas avoir maintenu le lien, mais j'avais dix-huit ans quand ils avaient commencé à parcourir le monde. J'avais perdu mon frère et j'avais plus que jamais besoin d'eux. Au lieu de s'assurer que j'allais bien, ils m'avaient confié la meute et, aussitôt après, m'avaient fait leurs adieux. J'étais peut-être l'Alpha, mais ça ne signifiait pas que j'avais toutes les réponses.

Quel soulagement quand je me suis levé et que j'ai vu que leur voiture n'était plus là !

Après que Sienne s'était couchée, la nuit précédente, je m'étais attendu à avoir une conversation avec eux, ou bien peut-être même des putains d'excuses. Mais ils n'avaient parlé que de leurs voyages et j'avais dû écouter leurs commentaires sur des gens que je n'avais jamais rencontrés de ma vie.

Pourquoi est-ce que ça me prenait la tête? Ce n'était pas comme s'ils s'installaient pour toujours. Je leur donnais une semaine maximum avant qu'ils ne soient repris de bougeotte.

Peut-être que je les reverrais à nouveau dans dix ans. Jusque-là, je serais très heureux de recevoir une ou deux cartes postales qu'ils enverraient au hasard de leur périple. Mais je pourrais m'occuper de tout ça plus tard dans la soirée. J'étais enfin seul et je pouvais m'atteler à la montagne de paperasse qui trônait sur mon bureau. J'étais en train d'ouvrir le premier dossier de la pile quand j'ai entendu un grattement discret à la porte.

– Oui ? Entrez.

– J'espère que nous n'interrompons rien d'important, a commencé ma mère, entrant avec mon père dans la pièce comme s'ils la possédaient. Quand t'es-tu débarrassé des secrétaires ? Je me sens si impolie de débarquer sans quelqu'un pour m'annoncer.

– J'aime ce que tu as fait de ce bureau, fils, a dit mon père en scrutant les lieux. Tu as embauché quelqu'un ou est-ce que tu as tout fait seul ?

– J'ai effectué les travaux moi-même. Le papier peint et les tapisseries n'étaient pas vraiment à mon goût.

– Tu n'as pas jeté les tapisseries quand même, n'est-ce pas, Addy ? Ce sont des pièces d'une valeur inestimable qui appartiennent à la meute depuis la nuit des temps !

Bien sûr, c'est la première chose qui est venue à l'esprit de ma mère. C'est elle qui a fait en sorte que je grandisse en connaissant chaque détail des traditions et de l'histoire de la meute. Quand j'étais petit garçon, elle me faisait réciter les noms des vingt derniers Alphas ainsi que leurs hauts faits au sein de la meute avant que j'aie le droit de dîner.

– Où est ton effrontée de petite femme ? a demandé Daniel.

– Je l'ignore.

– Si j'étais toi, je la garderais en laisse. C'est un électron libre, je préfère ne pas imaginer quel genre d'autres « déclarations » elle pourrait faire.

– Je ne suis pas son gardien, papa. C'est une adulte.

– Eh bien, à en croire les médias, tu es le seul à penser ainsi, a objecté ma mère. Son petit numéro lors du festival était inadmissible. Nous étions à l'autre bout du monde et nous en avons quand même entendu parler, bon sang.

– Nous travaillons là-dessus, maman. Je n'ai pas besoin que tu t'en mêles

– Au contraire, je pense que c'est exactement ce que tu as besoin que l'on fasse. Il est clair qu'elle n'a aucune notion du devoir ou de la tradition. Daniel, peux-tu m'aider à expliquer à notre fils l'importance de ce qui est en train de se jouer ?

– Aiden, il faut que tu comprennes que Sienna n'a pas été élevée comme toi. Nous savons bien que tu n'es pas responsable de qui est ta compagne, nous ne disons pas que c'est ta faute, mais elle est très jeune, fils.

– Elle ne comprend tout simplement pas ce que signifie être le leader d'une meute. Quand nous t'avons laissé aux commandes, nous savions que tout irait pour le mieux. Tu as été élevé pour ça. Elle, non.

– Et donc ? Est-ce que vous insinuez que je n'ai plus la capacité de commander ? ai-je demandé, perplexe.

– Eh bien, oui, Addy. Cette famille a été à la tête de la meute depuis cinq générations, et cette moins-que-rien pourrait ternir toute notre lignée.

J'en avais assez de leurs insultes. Ils étaient mes parents, mais il y avait une ligne rouge à ne pas franchir.

– C'est de ma compagne dont tu parles, mère.

– Oui, j'en ai bien conscience. Ses origines modestes sont connues de tous, mon cher. Pas besoin de t'énerver.

– Nous sommes ici pour t'aider à régler ce petit dérapage, Aiden. Si ta mère, toi et moi pouvons nous asseoir et discuter avec Sienna, je suis certain que nous arriverons à la convaincre que la cohésion de la meute importe plus que ses protestations fantaisistes.

– Papa, je te l'ai déjà dit, nous y travaillons, elle et moi.

– Et ça se passe comment ? a rétorqué ma mère. Tu as vingt-neuf ans, Addy. Qu'est-ce que tu penses qu'il arrive quand un

Alpha atteint la trentaine sans avoir de descendance ? Les gens commencent à s'inquiéter. D'autres Alphas commencent à loucher sur son territoire.

– Tu dois la maintenir sous ton contrôle et commencer à fonder une famille, Aiden. C'est ta responsabilité en tant qu'Alpha.

Avant que j'aie pu répondre, Josh est entré dans le bureau, sans savoir que j'étais en plein échange musclé avec mes parents. Il les a regardés avant de poser les yeux sur moi.

– Je peux repasser, a-t-il proposé en reculant.

– Non, ils allaient justement partir, ai-je dit, heureux de trouver une excuse pour mettre un terme à la conversation.

– Josh, est-ce bien toi ? a demandé ma mère, rayonnante. Oh, quel beau jeune homme tu es devenu ! J'ai aussi entendu dire que tu t'étais uni !

– Bonjour, Madame Norwood, Monsieur Norwood. Oui, cela fait un petit moment. C'est à ce propos que je suis ici. Aiden, nos charmantes femmes ont encore réussi à déjouer la sécurité de Sienna. Mes hommes commencent à perdre patience.

Super, exactement ce dont j'avais besoin maintenant.

J'ai jeté un coup d'œil à ma mère qui était sur le point de formuler un « je te l'avais bien dit » satisfait. Nous nous sommes défiés du regard et j'ai immédiatement su qu'elle n'allait pas se taire. Le moment était trop parfait pour qu'elle le fasse.

– Oui, on dirait bien que tu gères ta compagne d'une main ferme, a-t-elle déclaré en mordant la branche de ses lunettes. Bon, comme tout a l'air sous contrôle ici, je pense qu'il est temps que nous cherchions un endroit où déjeuner, Daniel. N'est-ce pas ?

– Oui, laissons Aiden tranquille. Nous te verrons ainsi que Sienna ce soir, fils. Tournée de manhattans à vingt heures. Pas d'excuses !

Je les ai raccompagnés et j'ai vite fermé la porte derrière eux.

Ma vie était passée de tumultueuse à complètement chaotique, mais l'urgence était de m'assurer que Sienna était en sécurité.

C'était la quatrième fois que Michelle et elle se jouaient de leurs gardes du corps. J'avais insisté pour que Sienna soit accompagnée depuis que cette étrange femme, Ève, avait débarqué au bal de Yule, l'année précédente, et avait dit à Sienna qu'elle était en danger.

– J'ignorais que tes parents étaient en ville, a dit Josh.

– Moi aussi, jusqu'à hier soir. Et j'ai déjà hâte qu'ils partent.

– Tu veux, euh… en parler ? a proposé Josh, se sentant clairement mal à l'aise mais aussi obligé de demander.

Les confidences n'avaient jamais été son fort.

– Ça va aller, ai-je répondu à son grand soulagement. Là, maintenant, il faut qu'on sache où se trouvent nos femmes.

– Puisqu'il est l'heure du brunch et que nous sommes jeudi, j'ai une petite idée d'où Michelle a pu emmener Sienna.

– Super, peux-tu passer les chercher ? J'ai des choses urgentes à régler ici.

– Oui, pas de problème. Je les ramène, *pronto*.

– Envoie Sienna directement dans mon bureau, je vais devoir avoir une longue conversation avec elle.

Sienna

Le sucre et les bulles du mimosa étaient exactement ce dont j'avais besoin. Une raison de plus d'être heureuse de ne pas être enceinte.

– Alors, comment est-elle ? a demandé Michelle.

– Oh, Charlotte est un vrai rêve ! ai-je répondu. Elle m'a dit droit dans les yeux qu'elle pensait que j'étais trop jeune pour être avec son fils et que je me comportais de manière immature en refusant d'accomplir le rituel. Qui est-elle pour me juger alors qu'elle-même a abandonné son propre fils pendant près de dix ans ?

– Et tu m'as dit qu'ils dormaient chez vous ?

– Oui, dans la maison d'amis, même si j'imagine qu'on va beaucoup les voir quand même.

– Et le père d'Aiden ?

–Il n'est pas aussi horrible que sa mère, mais il pense comme elle. Elle, c'est vraiment la pire.

–Eh ben, rappelle-moi de serrer fort dans mes bras la mère de Josh quand je la verrai. La pire chose que Nancy ne m'ait jamais faite, c'est de me dire que les pommes de terre manquaient de sel.

–Je ne veux même pas rentrer à la maison. C'est à ce point, Michelle. Impossible de discuter avec cette femme. Elle est bloquée dans une machine temporelle. C'est comme si on lui avait lavé le cerveau avec la tradition, elle ne réalise même pas à quel point elle semble folle.

–Pourquoi est-ce qu'on ne réunirait pas les filles pour partir en week-end ? Ça te permettrait de rester loin de chez toi.

–Non, elle va penser que je fuis. Je ne peux pas lui tendre le bâton pour me faire battre.

–Et Aiden ? Il en pense quoi ?

–Pour être honnête, on n'a pas vraiment eu de moment seuls depuis qu'ils sont arrivés.

–Sienna, ma chérie, il faut que tu lui parles, a répondu Michelle en avalant le contenu d'un autre verre. Vous n'avez même pas discuté de toute cette histoire de bébé. Plus longtemps tu attends, plus énorme ce sera quand tout éclatera.

–Je sais, je sais, ai-je répliqué en me servant un autre mimosa. J'ai juste besoin que la Frénésie se retienne encore deux ou trois jours.

–Parle pour toi, a dit Michelle en beurrant un scone. J'ai trop hâte de partager ma première saison des amours avec Josh. J'ai tout un tas de surprises sexy pour lui. Le pauvre n'aura même pas le temps de fermer l'œil.

–Oh, mon Dieu, Michelle, stop, ai-je dit en pouffant de rire. Je ne veux pas avoir d'images dans la tête !

–Qui sait, tu apprendrais peut-être une chose ou deux, a rétorqué Michelle en prenant une bouchée de son scone, l'air séductrice.

Je m'amusais bien avec Michelle mais, en même temps, je ne pouvais m'empêcher de penser que j'avais passé la matinée à donner raison à Charlotte.

Une femme forte n'aurait pas semé son agent de sécurité pour aller bruncher. Une femme forte affronterait la situation, et c'était précisément ce que j'allais faire.

Michelle

J'ai hélé le serveur pour lui commander un autre pichet.

J'aimais Sienna de tout mon cœur mais, parfois, elle rendait sa vie plus compliquée qu'elle ne l'était.

En tout état de cause, elle était toujours la compagne de l'Alpha de la meute. Genre, en quoi était-elle à plaindre ?

Bien sûr, je ne pouvais pas lui dire ça.

Là, maintenant, la priorité numéro un, c'était de lui remonter le moral. C'est pourquoi je m'étais assurée de rester le plus loin possible de tout sujet lié à la meute ce matin. Et puis, le champagne et le jus d'orange, ça guérit tout.

– Qu'est-ce que tu fais ? ai-je demandé en remarquant que Sienna regardait par-dessus son épaule.

– Rien, c'est juste que…

– Quoi ? Crache-le morceau, meuf.

Sienna s'est penchée sur la table comme si elle s'apprêtait à me révéler un secret de la meute. La Miss Ragots que j'étais a commencé à remuer les doigts tant elle était excitée.

– Depuis qu'on a quitté la boutique, j'ai ce drôle de sentiment… comme si quelqu'un nous surveillait.

ÉPISODE 6
LA MONTÉE DES ENCHÈRES

Michelle

–Attends cinq minutes, tu veux dire que quelqu'un, là, maintenant, nous espionne?

–Je n'en suis pas certaine, mais je n'arrive pas à me débarrasser de ce pressentiment qui a commencé à la seconde où on est montées dans le taxi.

J'ai scruté la rue derrière Sienna, mais je n'ai rien vu d'inhabituel en dehors d'une femme qui portait des couleurs pastel qui n'étaient clairement pas de saison.

–Si, je pense que tu es parano. En plus, c'est impossible de te reconnaître avec cet accoutrement.

Avant que Sienna ne puisse répondre, mon téléphone a été envahi de messages. *Merde, c'est Josh.*

Il n'était pas toujours le plus fin, mais il avait une capacité incroyable pour deviner quand je faisais des bêtises.

–Une seconde. Je crois qu'on nous a retrouvées.

–Ce n'était qu'une question de temps, a répondu Sienna en faisant tourner sa coupe de champagne.

Sienna

J'ai attrapé la fraise au fond de mon verre et l'ai fait rouler sur ma langue jusqu'à ce que les dernières gouttes de jus d'orange et d'alcool soient absorbées, avant que je l'écrase entre mes dents. La pulpe pleine de sucre avait si bon goût.

Au moins, au milieu de tout ce drame, je me souvenais de bien prendre ma vitamine C.

Un léger courant d'air a fait voler les serviettes en papier et chatouillé mon nez. J'aimais profondément l'air frais hivernal qui envahissait la ville à cette période de l'année. Il me semblait toujours plus sain, pour une raison que j'ignorais.

J'ai regardé les gens aller et venir derrière mes verres teintés. Je me demandais si l'un d'entre eux avait la moindre idée de qui j'étais. Le concept d'être une figure connue me laissait toujours sans voix. Pourquoi est-ce que je devais changer pour me conformer à cet archétype que devait être la compagne de l'Alpha ? Je me fichais d'être aimée par tout le monde. Moi, je n'aime pas tout le monde, ce n'est pas naturel.

Si les gens se mêlaient de leurs affaires et passaient autant de temps à s'occuper de leur propre vie que de la mienne, le territoire serait rempli de loups et d'humains beaucoup plus sereins.

Du coin de l'œil, j'ai remarqué une silhouette qui se déplaçait plus vite que le reste des gens dans la rue. Il portait un imperméable et semblait cacher quelque chose dessous. Mon cœur s'est mis à battre la chamade et l'adrénaline à fuser dans mon corps.

Je me sentais tellement bête d'avoir laissé Michelle me convaincre de semer mon garde du corps, mais je n'avais pas le temps de ressasser.

–Michelle, lève-toi.

–Ouais, une minute.

– Non, lève-toi maintenant ! ai-je crié.

Tout le monde s'est tourné pour nous regarder, mais je n'avais pas le temps de m'en soucier. Une petite barrière nous séparait de la rue, ce qui m'empêchait de lui faire face. À présent, il me dévisageait, le visage déformé par un sourire diabolique.

Tout s'est passé au ralenti, quand il a ouvert son imper, je me suis jetée sur Michelle.

Clic ! Clic !

Clic ! Clic ! Clic !

– Un petit sourire, Sienna ! a crié l'homme derrière l'appareil photo, prenant des clichés à la vitesse de la lumière.

Il m'a fallu une seconde pour comprendre ce qui se passait, et bientôt, tout le monde dans le restaurant avait sorti son téléphone et nous prenait en photo, Michelle et moi.

J'ai entendu le moteur bruyant d'une voiture de la Maison de la Meute qui se garait, Josh en est sorti avec deux hommes. Ils ont repoussé la foule et obstrué de leurs mains l'objectif du paparazzi.

– Montez, maintenant ! a ordonné Josh.

– Ne nous crie pas dessus comme si on était des enfants, a rétorqué Michelle.

– Où est Aiden ? ai-je demandé.

– Il a dit qu'il te parlerait à la Maison de la Meute. J'espère que vous réalisez toutes les deux les problèmes que vous nous avez causés.

Je devinais que Josh ne voulait pas manquer de professionnalisme devant ses hommes, il n'a pas dit grand-chose pendant notre trajet. Mais d'après les regards que Michelle et lui échangeaient, il était évident qu'une dispute silencieuse faisait rage dans la voiture.

***

Dès que nous nous sommes garés devant la Maison de la Meute, j'ai sauté de la voiture et me suis rendue dans le bureau d'Aiden. Je me sentais comme si j'étais convoquée chez le proviseur pour avoir fait l'école buissonnière, sauf qu'en l'occurrence, j'allais avoir mon mot à dire.

–Tu as une minute pour ta compagne? ai-je dit en débarquant.

–J'en ai même deux ou trois, a-t-il répondu en mettant ses dossiers de côté.

–Assez plaisanté, Aiden. Pourquoi n'es-tu pas venu avec Josh cet après-midi?

–Je n'en voyais pas l'intérêt.

–Je suis *ta* compagne. Je n'ai pas à être rabrouée par qui que ce soit. Même quand je fais des erreurs.

–Alors tu admets qu'avoir semé ton garde du corps était une erreur?

Merde. Je m'étais fait avoir toute seule. Tout ça parce que j'avais perdu mon sang-froid.

–Écoute, je pense que tu ne te rends pas compte de tout ce à quoi j'ai renoncé pour être avec toi, Aiden. Quand nous nous sommes unis, ta vie n'a pas changé. Tu as continué à être l'Alpha. La mienne a été véritablement bouleversée. Tout à coup, tout le monde s'est intéressé à ce que je portais, à comment je m'exprimais. J'ai des gardes du corps qui me suivent dès que je pose un pied en dehors de la maison… Il a fallu que j'abandonne toute normalité, et au cas où tu ne l'aurais pas remarqué, je ne suis pas le genre de personne qui adore être sous le feu des projecteurs. Cette… nouvelle vie est dure pour moi. Et quand tu m'as mis la pression avec le festival et toutes ces obligations familiales, c'était trop pour moi. J'ai besoin de temps.

–Tu as eu un an, Sienna, a répliqué Aiden. Combien de temps te faut-il encore? Toute la meute est révoltée par ce qui s'est passé au festival et j'ai mes parents sur le dos. Pendant que toi, tu t'auto-apitoyais avec Michelle, tu imagines ce que, moi, j'ai dû affronter ici? Mes parents ont décidé de mener une petite inquisition et m'ont informé qu'il était de mon devoir de te remettre dans le droit chemin avant que tu ne détruises la meute de la côte Est et que tu ternisses le nom des Norwood, a-t-il grondé. Et quand je pense que je t'ai défendue, je leur ai dit que tu étais une adulte, que tu n'avais pas besoin de supervision, mais visiblement j'ai eu tort.

Je m'auto-apitoyais ? Il plaisantait… Si son plan était de m'énerver encore plus contre lui, alors il fonctionnait.

– Tu penses vraiment ce que tu dis ? ai-je demandé, sur le point de péter les plombs.

– Je pense que si tu tenais vraiment à moi, tu saurais que la meute est toute ma vie. Alors, quand tu lui manques de respect, à elle et aux traditions qui la composent, c'est à moi que tu manques de respect.

Je n'arrivais pas à croire qu'il renverse les choses pour se faire passer pour la victime. Ce devait être le résultat de la conversation avec ses parents.

– Sienna, est-ce qu'au moins tu m'écoutes ?

– Oui, Aiden, j'ai entendu chacun de tes mots.

– Ce n'est pas un jeu, Sienna. La meute doit savoir qu'elle a un héritier.

– C'est toi qui parles ou ta mère ?

– Hé, crois-moi, je n'aime pas du tout la façon dont elle t'a traitée, mais elle n'a pas tort. Ils manquent peut-être de tact, mais ils sont sincères. Ils veulent le meilleur pour nous.

– Pour nous ou pour la meute ?

– C'est ce que tu ne comprends pas, Sienna. C'est la même chose.

J'en avais assez de cette conversation. Il était clair qu'il ne changerait pas d'avis, surtout après l'argumentation de ses parents.

J'ai fait demi-tour et j'ai commencé à avancer vers la porte.

– Où vas-tu ?

– Chez nous. J'ai promis à ton père que j'essaierais son cocktail.

– Je pense que tu devrais prendre le temps de te calmer avant d'y aller.

– Je ne vais pas me disputer avec ta mère, si c'est ce que tu insinues, ai-je dit, ennuyée.

–Vraiment ? Parce que tu t'es emportée contre moi assez facilement, alors que tout ce que je faisais, c'était essayer de te raisonner.

Je ne peux pas le croire !

–Me raisonner ? Sans ces règles arbitraires, est-ce que tu voudrais même des enfants ? C'était quand, la dernière fois que tu as fait quelque chose parce que tu le voulais vraiment et pas parce que c'était dicté par un vieux livre poussiéreux ?

Aiden arborait une mine renfrognée et j'entendais sa respiration saccadée s'échapper par ses narines gonflées. Il s'est mis debout près de moi. J'ai dû lever la tête pour soutenir son regard. On s'est défiés des yeux pendant une bonne minute, tous les deux attendant que l'autre dise le premier mot, c'est finalement Aiden qui a brisé le silence.

–Grandis, Sienna.

De toutes les choses qu'il aurait pu choisir de dire, c'était sans doute celle qui pouvait le plus me blesser. Je pouvais encaisser que ses parents et les médias pensent que je n'étais qu'une gamine autocentrée, mais l'entendre dans la bouche de mon compagnon, la personne dont je pensais qu'elle m'aimerait toujours et me respecterait, m'avait heurtée plus que de raison.

Il était clair pour moi que je ne pourrais pas l'atteindre avec mes mots. Il fallait que je fasse quelque chose qui retienne son attention. Il fallait que je frappe là où ça ferait mal.

Quand j'ai surpris son regard s'égarer sur la ligne de ma nuque, j'ai su que j'avais ma réponse.

–Maintenant, écoute-moi bien, je refuse d'avoir à supporter l'irrespect de tes parents une soirée de plus. Soit tu leur dis qu'ils se ressaisissent, soit je veux qu'ils quittent la maison. Et si tu penses que je plaisante, détrompe-toi…

J'espère que tu es prêt, mon grand.

–Jusqu'à ce que toi et moi trouvions un accord sur notre future famille et que tes parents décident de vivre au XXIe siècle ou de rester encroûtés dans le passé et de nous envoyer une carte postale de temps en temps, le sexe entre nous, c'est fini.

Aiden a tenté de rester de marbre tout en me dévisageant, se demandant vraisemblablement si j'étais sérieuse ou non.

– Tu bluffes. La Frénésie va débarquer d'un jour à l'autre.

– J'ai résisté pendant deux saisons avant de te rencontrer, Aiden. Je suis persuadée que je pourrai en gérer une troisième.

– Ça, c'était avant d'être unie. La Frénésie me poussera à te faire des choses dont tu n'as pas idée.

– Tu ne me fais pas peur. On a fait l'amour régulièrement pendant toute une année. Même si tu as quelques nouveaux trucs, ça ne suffira pas à me charmer.

Aiden s'est penché pour que ses lèvres se retrouvent à quelques centimètres de mes oreilles.

– On verra bien, a-t-il soufflé.

– C'est parti, ai-je répliqué en serrant les dents.

ÉPISODE 7
GESTION DES DÉGÂTS

Aiden

C'était donc ça, être amoureux…

Si quelqu'un d'autre m'avait causé autant de maux de tête que Sienna ces dernières semaines, je l'aurais immédiatement expulsé de la Meute, mais peu importait ce qu'elle pouvait faire, cette petite étincelle de passion continuait à se consumer au plus profond de moi.

J'ai regardé à l'autre bout de la table, où siégeait mon conseil. Josh, Jocelyn, Rhys, Nelson et, bien sûr, Sienna. Mon Dieu, elle avait l'air particulièrement appétissante et je savais qu'elle l'avait fait exprès. Tous les autres semblaient mal à l'aise et évitaient mon regard. Ils pouvaient sentir la rage qui bouillait en moi.

J'avais organisé cette session extraordinaire après que les journaux de l'après-midi avaient été publiés. Je savais qu'ils avaient tous lu la presse, mais je m'étais assuré de m'en procurer une version imprimée qui était maintenant roulée dans mon poing serré.

Je l'ai écrasée contre la table et l'ai fait glisser sur la surface en chêne verni pour que tout le monde puisse voir le gros titre en lettres grasses sur la une :

LA COMPAGNE DE L'ALPHA SÈME SES GARDES DU CORPS POUR UN BRUNCH ARROSÉ

–Tu n'arrêtes donc jamais ! ai-je rugi en regardant Sienna dans les yeux. Maintenant, nous avons à gérer les retombées du festival *et* ce fiasco.

–Ce n'est pas si grave, a dit Rhys avec hésitation. Le titre en fait des caisses, mais si tu lis l'article…

–Combien de gens vont réellement lire cet article, tu penses ? ai-je crié. Et *c'est* grave, Rhys. Laisse-moi t'en lire un extrait.

J'ai fait le tour de la table et ai récupéré mon exemplaire, le déchirant presque en deux en l'ouvrant.

–Je cite : « Un mépris aussi flagrant du protocole de la meute conduirait n'importe quel loup rationnel à croire que Sienna Norwood ne porte aucun intérêt à ses responsabilités en tant que compagne de notre Alpha et préfère consacrer son temps libre à profiter des avantages dus à sa position. » Fin de citation ! Tout cet article fait passer Sienna pour une louve inconséquente obsédée par la fête, dépensant l'argent de la meute. Ces accusations ne sont pas seulement terribles pour Sienna, elles ternissent la réputation de tout le conseil. Chacun d'entre vous devrait être aussi furieux que je le suis. Nous travaillons d'arrache-pied pour la meute et je ne vais pas laisser un piètre journaliste salir notre réputation. Peu importe que Sienna soit ma compagne, il s'agit de la façon dont ce groupe est perçu par le public.

–Qu'est-ce que tu penses qu'on devrait faire ? a demandé Josh.

–Je n'en ai aucune idée. C'est pourquoi j'ai convoqué cette réunion, ai-je répondu en croisant les bras.

Je détestais la colère que cet article suscitait en moi, c'était la goutte d'eau qui faisait déborder le vase.

Entre mes parents, l'entêtement de Sienna et les retombées du festival, j'étais à deux doigts d'enfoncer mon poing dans le mur.

– La meute a besoin de savoir que tu soutiens ta compagne. Tu devrais prendre la parole pour défendre les actions de Sienna, a répondu Jocelyn. Si tu attaques le journal, tu ne feras que lui donner plus de crédibilité.

Bien sûr, c'est ce que Jocelyn aurait voulu. Ce serait bien pour Sienna et moi, mais cela aggraverait les choses avec la presse.

J'avais volontairement gardé le silence sur ce que je pensais du comportement de Sienna lors du festival. Le contraire m'aurait obligé à prendre position.

– S'il fait ça, Aiden aura l'air de se laisser marcher dessus, a rétorqué Nelson. (C'était un loup-garou pâle et dégingandé qui, malgré sa petite taille, défendait toujours l'option qui démontrait le plus de force.) Je suis pour que tu dénonces ces accusations et que tu annonces simultanément un projet d'envergure dont Sienna prendra les rênes.

– Peut-être qu'on pourrait faire d'une pierre deux coups, a ajouté Josh. Tourne les choses de façon qu'ils pensent que Sienna avait rendez-vous avec Michelle pour lui annoncer que vous vous lanciez dans le projet bébé, non ? Tout le monde va oublier cette histoire aussitôt qu'ils apprendront que tu comptes fonder une famille. Les gens sont fous des bébés, alors donne-leur ce qu'ils veulent.

Josh marquait un point. Au moins, cela chasserait toute la pression publique. Ou cela ne ferait que la rediriger. Je voyais déjà les camionnettes de presse devant notre maison à l'affût du moindre signe de copulation. Non merci !

– Donc tu souhaites qu'Aiden mente ? a répondu Jocelyn.

– J'ai dit qu'ils se lançaient, pas que le bébé était déjà conçu, a repris Josh, visiblement agacé. De plus, ce sont les journaux qui ont commencé. Pourquoi ne pas utiliser leurs armes contre eux ?

– Mais est-ce que vous essayez vraiment de concevoir au moins ? s'est enquis Rhys. Parce que ça ferait disparaître tous ces ragots en un clin d'œil.

Sienna s'est éclairci la gorge avec colère.

– J'imagine que *je* n'ai pas mon mot à dire ?

Et c'est parti. Moi qui ne voulais pas me disputer maintenant.

– Je n'ai besoin de personne pour parler à ma place, a-t-elle continué. Compagne de l'Alpha ou pas, ils n'ont aucun droit d'envahir notre vie privée.

– Ce n'est pas comme ça que ça fonctionne, ai-je répondu en grinçant des dents.

Sienna m'a fixé de ses yeux bleus qui lançaient des flammes. Je savais qu'elle allait perdre son sang-froid rien qu'en regardant ses lèvres se frotter l'une contre l'autre. Comme un sprinter qui s'étire avant une course, elle se lubrifiait les lèvres avant de déverser un torrent d'insultes sur moi.

Les autres ont également senti ce qui allait se passer et se sont immédiatement tus, leurs yeux passaient d'elle à moi, ne sachant pas s'ils devaient partir ou rester.

Jocelyn qui, d'habitude, servait de médiatrice quand les membres du conseil avaient des différends, restait assise en silence comme les autres. C'était une passe d'arme entre deux compagnons, seuls Sienna et moi pouvions y mettre un terme.

Les charnières de la porte de la salle du conseil ont grincé derrière moi.

– Revenez plus tard, nous sommes en pleine réunion, ai-je aboyé.

– C'est ce que vous appelez de la courtoisie ? a chantonné la voix de ma mère.

Génial. Elle était la dernière putain de personne que je souhaitais voir dans cette pièce en ce moment.

– Mère, peux-tu m'attendre dans mon bureau. Nous avons encore quelques affaires à régler.

– Tu veux dire « comment répondre à cet article » ? Ton père et moi nous en sommes déjà occupés.

– Qu'est-ce que tu veux dire ?

– Nous avons toujours des amis au journal, alors nous les avons appelés et avons pris la liberté de faire publier un communiqué en ton nom et celui de Sienna, a-t-elle répondu en faisant tourner ses lunettes de soleil avec aplomb.

– Qu'est-ce que tu viens de dire ? ai-je demandé, alors qu'un creux commençait à se former dans mon estomac.

J'ai regardé Sienna. Elle fulminait. Tout cela allait très mal finir.

–Nous leur avons dit que Sienna présenterait des excuses publiques pour son comportement au festival et qu'elle avait accepté de refaire le rituel de fertilité lors de la prochaine pleine lune.

Le creux de mon estomac s'est transformé en un canyon béant lorsque les mots ont quitté ses lèvres.

Je savais pertinemment que mon père et elle avaient des idées derrière la tête, mais jamais je n'aurais pensé qu'ils me passeraient au-dessus de la tête comme ça. Ils étaient peut-être mes parents, mais j'étais toujours l'Alpha, bon sang!

–Tu aurais dû m'en parler avant, ai-je répliqué, désireux de parler avant que Sienna déverse sa colère.

–Nous savons combien il est important d'agir vite dans ces situations, mon chéri.

–Et tu n'as pas pensé à m'appeler? À m'envoyer un message?

–Oh, Addy, tu sais bien que je n'y comprends rien à ces satanés smartphones. Pourquoi tu as l'air si contrarié? Tu n'es pas d'accord avec ce que nous avons dit?

Elle a pris un air confus et innocent, mais elle savait exactement ce qu'elle faisait. Elle me forçait à choisir mon camp devant le conseil, devant Sienna.

Ces dix dernières années, j'étais devenu indifférent à ma mère, jamais je n'aurais cru qu'un jour je lui en voudrais autant. Même si nous voulions les mêmes choses, ses méthodes pour les obtenir étaient basses et déloyales.

–Tu ne vas pas m'offrir un siège? a-t-elle demandé.

Je sentais le regard de Sienna peser sur moi, c'était comme si des dagues volaient autour de ma tête. Je n'osais pas la regarder.

–Bien sûr, ai-je répondu. Tu peux t'asseoir où tu veux.

Sienna s'est levée d'un bond, sa chaise est allée valser contre le mur.

–Je ne resterai pas assise à la même table que cette femme. Si tu la laisses s'asseoir, tu valides tout ce qu'elle vient de faire pour saper ta position de leader de cette meute.

–Sienna, ai-je répliqué, nous n'avons même pas eu l'occasion de discuter...

–Tu vois bien que rien de ce qu'elle a dit n'est ouvert au débat, Aiden. Je ne vais pas présenter d'excuses et je n'ai certainement pas l'intention de me prêter au rituel de la fertilité à la prochaine pleine lune.

Puis elle s'est tournée vers ma mère qui la regardait calmement dans les yeux:

–Pour qui vous prenez-vous?

–Pour quelqu'un qui veille sur le bien-être de cette meute, ma chère.

–Si c'était vraiment ce qui est important pour vous, vous ne seriez pas en train de saboter ma relation avec votre fils, a répondu Sienna avec froideur. Au cas où vous l'auriez oublié, je suis la compagne d'Aiden pour toujours, alors soit vous l'acceptez, soit vous dégagez de la Maison de la Meute et de nos vies.

–Je ne suis ici qu'à cause des mauvais choix que vous continuez à faire, ma chère. Peut-être n'est-ce pas moi qui ai du mal à accepter les faits. Sans cette meute, vous n'êtes rien.

Les yeux de tous les membres du conseil se sont rivés sur moi, m'implorant silencieusement d'intervenir avant que ces deux-là n'en viennent aux mains.

–Mère, pourquoi ne retournerais-tu pas m'attendre à la maison? Nous pourrons parler de tout cela ce soir, en famille.

–Le journal attend une déclaration de Sienna cet après-midi, Addy.

–Sienna et moi allons nous en occuper.

–Pas la peine, mon chéri. J'ai déjà rédigé un brouillon. Tout ce qu'elle a à faire, c'est de le lire, a répondu Charlotte en sortant de la poche de son manteau une feuille de papier pliée.

–Merci, tu en as assez fait pour aujourd'hui, mère. Le conseil a d'autres dossiers à traiter.

–Oh, je vois, a-t-elle répondu, visiblement mécontente. Eh bien, je vais laisser ça ici pour que vous puissiez le parcourir. Je pense que vous n'aurez rien à y redire.

Elle a posé le papier sur la table et a tourné les talons pour s'en aller. Encore quelques pas et elle serait hors de ma vue pour quelques heures, le temps que je gère les dégâts avec Sienna.

– À bien y réfléchir, a-t-elle dit, en s'arrêtant devant la porte. Il faudrait peut-être modifier quelques mots afin de t [illegible] de sa façon rustique de s'exprimer. *Ciao*, mon ché [illegible]

La porte s'est refermée en claquant délicatem [illegible] venin de ses dernières paroles s'est accroché à toutes les surfaces de la pièce.

Il m'a suffi d'un regard vers Sienna pour comprendre que les choses allaient être très, très mal se passer.

– J'ai besoin d'un moment seul avec Sienna.

– Bien sûr, a répondu Josh en sautant sur cette excuse pour s'en aller.

– Oui, nous serons dans nos bureaux, a ajouté Rhys. Allez viens, Nelson.

– Tu es sûr que tu ne veux pas que je reste ? a demandé Jocelyn.

Son instinct de guérisseuse lui permettait de comprendre combien ma mère avait semé le chaos, mais ce n'était pas le moment de mêler une tierce personne à notre conflit.

– Oui, certain, on se verra après le déjeuner.

Ils sont tous sortis de la pièce rapidement, à l'exception de Sienna qui était toujours debout devant sa chaise.

Les flammes dans ses yeux avaient encore augmenté, et le reste de son corps était tendu par l'agitation.

– Alors ? a-t-elle demandé en jetant un coup d'œil sur le papier avant de lever son regard sur moi.

Elle attendait de voir si j'allais le ramasser, voir quel parti j'allais choisir.

Chacun des deux choix entraînerait des conséquences. Des sacrifices.

J'ai pesé mes options. Respiré profondément. Et j'ai pris ma décision.

ÉPISODE 8

HAUTE FRICTION

Sienna

J'ai regardé, dans une rage silencieuse, la main d'Aiden s'emparer du papier que Charlotte avait laissé sur la table. L'idée même qu'il soit curieux de le lire me faisait bouillir le sang.

Était-il vraiment en train de choisir sa mère plutôt que moi ? Réalisait-il que nous étions unis pour la vie ?

Avec un peu de chance, Charlotte n'aurait plus que quelques années avant de tirer sa révérence. J'ai avancé d'un pas vers lui et j'ai ouvert la bouche, mais avant qu'un seul mot puisse en sortir, il a levé un doigt et s'est dirigé vers la corbeille, laissant le morceau de papier plié en deux tomber dedans.

– Cela ne signifie pas que j'ai pris ton parti, a-t-il précisé d'un ton froid.

J'étais stupéfaite, mais surtout soulagée. Peut-être n'avait-il pas le cerveau aussi retourné que je le croyais. Mais quand même, le fait de ne toujours pas savoir laquelle de nous deux il allait soutenir me rendait furieuse. J'avais besoin de connaître sa position.

–Qu'est-ce que cela signifie, alors? ai-je demandé.

–Sienna, je comprends tes arguments, mais crois-moi, cet article n'a vraiment pas joué en ta faveur.

–Tout comme tes parents!

–Laisse-moi les gérer, a-t-il dit en s'approchant de moi.

Oui, bien sûr, Aiden, ce n'est pas comme si tu les laissais te marcher dessus...

C'était tellement caractéristique de sa part de penser qu'il pouvait m'intimider ainsi. C'était comme ça qu'il manipulait tous ceux qui le remettaient en question, mais ça ne fonctionnait pas avec moi. Je savais qui il était vraiment. J'avais été témoin de sa compassion, de sa douceur, c'est pourquoi tout ce drame entre nous me tuait à petit feu.

Peut-être que si j'arrivais à lui faire partager mon point de vue, il comprendrait pourquoi j'avais été si hostile envers sa mère.

–Aiden, tu es sous leur coupe. Prends un peu de distance et rends-toi compte de tout ce qu'ils te poussent à faire.

–Est-ce que je ne viens pas de jeter le communiqué de ma mère? a-t-il protesté. Tu penses que j'ai aimé que ma mère m'accuse d'être d'incompétent devant tout le conseil?

Sérieusement? Je ne pouvais pas croire qu'après cet échange, sa seule préoccupation était de quoi il avait l'air devant ses amis.

Peut-être que j'avais tort d'espérer qu'il puisse se mettre à ma place.

–Alors, c'est ça que tu trouves inadmissible? Pas du tout la promesse que j'allais me soumettre à toi à la prochaine pleine lune?

–J'attends toujours que tu proposes une solution à ce problème, a-t-il répondu. Si tu acceptais de reprogrammer le rituel, cela m'épargnerait bien des migraines.

–Faire déguerpir tes parents nous épargnerait aussi, à tous les deux, bien des maux de tête, ai-je répondu sèchement. Je ne comprends pas pourquoi tu les laisses faire tout ça.

– Parce que ce sont mes parents, Sienna. Je pensais que toi, plus que quiconque, tu comprendrais cela.

Est-ce qu'il insinuait vraiment que j'étais une hypocrite ?

Si, encore, ses parents étaient de charmantes personnes et que j'étais une compagne rendue folle par la jalousie, mais sa relation à Charlotte et Daniel était toxique. J'étais déconcertée qu'il ne le voie pas.

Aiden se trompait s'il pensait que le comportement de sa mère était excusable, uniquement parce qu'elle faisait partie de sa famille.

– Excuse-moi, mais je comprends très bien ce que c'est d'avoir une relation saine avec ses parents. Une relation basée sur le respect et l'empathie, pas l'héritage et la politique. Ce n'est pas comme ça que les familles saines se traitent entre eux, Aiden.

Je voyais bien que je le mettais mal à l'aise. Peut-être que j'étais allée trop loin. Il n'avait pas grandi dans un foyer aimant comme moi, et même si je ne partageais pas une goutte de sang avec le reste de ma famille, je savais qu'ils m'aimaient d'une manière qu'Aiden ne pouvait pas comprendre.

Lorsque nous nous étions accouplés pour la première fois, notre relation était empreinte de désir et de passion, mais au fil des semaines et des mois, j'avais découvert le vide émotionnel qui se cachait dans le cœur d'Aiden.

J'avais fait de mon mieux pour le combler, pour lui montrer ce que cela signifiait d'avoir quelqu'un qui l'aimait inconditionnellement, pour qu'il se sente valorisé et désiré pour autre chose que d'être l'Alpha. Peut-être que je n'avais pas fait un assez bon boulot pour le remettre sur pied. Ou peut-être que je devais accepter le fait que je ne pourrais jamais remplacer l'amour que ses parents ne lui avaient jamais apporté.

Après mes dernières paroles, Aiden avait croisé les bras et contemplait intensément ses chaussures.

Le silence commençait à me mettre mal à l'aise.

– Sienna, depuis que j'ai commencé à fréquenter tes parents et ta sœur, je sais comment une famille est censée fonctionner.

D'une certaine manière, c'est comme si tes parents m'avaient adopté également. Ils me rappellent la famille que j'avais avant, avant la mort d'Aaron. Et maintenant que mes parents sont à nouveau là, j'ai envie que les choses entre nous fonctionnent vraiment. Je veux qu'ils retrouvent leur place dans ma vie.

Je pouvais voir la douleur, dans ses yeux, alors qu'il avait du mal à se livrer. Je savais que ce n'était pas facile pour lui. Parler de ruptures et d'amourettes avec les filles était une chose, mais là, j'avais affaire à un grave traumatisme émotionnel. Je me sentais complètement dépassée.

– Aiden, ils t'ont abandonné, ai-je répondu, optant pour la franchise. Qu'est-ce qui te fait croire que tu peux les faire changer maintenant ?

– Le premier soir, quand tu es allée te coucher tôt, ils m'ont dit qu'ils voulaient être là pour nos enfants. Alors, j'ai pensé que si je leur disais qu'on essayait de concevoir…

– Attends, tu leur as dit ça pour essayer de gagner leur affection ? Aiden, pourquoi tu ne m'en as pas parlé ?

– Qu'est-ce que tu voulais que je fasse ? a-t-il répliqué avec amertume. Si je te l'avais dit, tu aurais brûlé la maison et ses fondations. Je pensais que j'aurais assez de temps pour te faire changer d'avis, mais cet article est sorti et, maintenant, c'est le bordel intégral.

OK, je devais admettre que j'aurais sans doute mis le feu à la maison, mais jamais il n'aurait dû faire de telles promesses en notre nom à tous les deux. Nous étions censés être des partenaires et, là, en ce moment je me sentais moins comme son égale que comme une épine dans son pied. Une jeune et jolie jeune fille qu'il gardait sous la main pour produire des bébés à la chaîne et être belle lors d'événements mondains.

– L'amour est sans conditions, Aiden. Tu ne devrais pas avoir à promettre des petits-enfants à tes parents pour obtenir leur affection.

– Pourquoi ne peux-tu pas… (Aiden s'est interrompu, se serrant la poitrine. Sa respiration est devenue lourde et il a penché sa tête sur le côté.) Merde, c'est en train d'arriver.

Mon visage a pâli sous l'effet de la terreur.

Que voulait-il dire ?

Est-ce qu'il faisait une crise cardiaque ?

– Aiden, qu'est-ce qui se passe ? Parle-moi ! ai-je supplié, mais avant qu'il ait pu me répondre, j'avais ma réponse.

La chaleur puissante et intense de la Frénésie s'est déclenchée à l'intérieur de moi et s'est propagée dans mon corps comme une traînée de poudre. Mes jambes ont vacillé et mes seins ont enflé. Lorsque l'odeur d'Aiden est arrivée à mon nez, c'était comme si quelqu'un avait jeté de l'essence sur les flammes.

Je le regardais avec un désir fou.

Je devais l'avoir.

Je désirais ardemment qu'il soit en moi.

La façon dont il me regardait, ses yeux vert doré embrasés par le désir, me laissaient deviner qu'il luttait contre les mêmes besoins primitifs. Ses muscles se sont contractés pour essayer de lutter, mais à chaque respiration, il absorbait de plus en plus de mes phéromones, s'enivrant d'une faim violente provoquée par la Frénésie.

– Tu veux toujours essayer un de tes tours de magie ? ai-je demandé, tentant de calmer ma respiration.

– D'après ce que je vois, pas besoin, a-t-il dit avec un sourire en coin.

– Parle pour toi, ai-je répliqué, aux prises avec ma propre envie de me jeter contre ses muscles saillants et de lui arracher ses vêtements.

Il a réduit la distance entre nous si bien que j'a [illegible] son souffle contre mon visage.

J'ai laissé courir mes doigts dans ses mèches désordonnées couleur corbeau avant de basculer sa tête sur le côté. Il a serré les mâchoires, en proie à l'extase.

– Je suis désolée, ça t'a fait mal ? ai-je demandé, moqueuse.

– Ça chatouille, seulement.

– Et ça ? ai-je dit en glissant ma main sur son entrejambe.

Il s'est mordu la langue et a tapé du poing contre le mur.

– C'est tout ce que tu as en réserve ? a-t-il lâché.

Je savais que je devais faire attention à la façon dont je menais les choses. La sensation de son membre dur sous ma main était presque assez forte pour me faire perdre la raison. Sous ma caresse, il a tressauté et je l'ai aussitôt imaginé glissant à l'intérieur de moi, m'écartelant.

–Tu ne vas vraiment rien faire ? ai-je demandé en resserrant ma prise.

–Tu n'es pas la... seule... à être têtue... dans cette... relation, a-t-il réussi à articuler entre chaque soupir.

Plus je le regardais, plus mon petit jeu devenait dangereux. Je me sentais mouiller, et l'air qui pénétrait dans mes poumons était de plus en plus chaud. Je pouvais à peine respirer tant mes vêtements m'entravaient.

Mais je ne pouvais pas baisser les bras maintenant. Si cela devait fonctionner, il devait être celui qui agiterait le drapeau blanc.

–Tu vas bien ? a demandé Aiden en soufflant dans mon cou. Tu as l'air plutôt... sexy.

–Je vais parfaitement bien, ai-je répondu d'une voix mal assurée.

–Tu es sûre de ne pas avoir besoin d'un coup de main ? s'est-il enquis en guidant la sienne entre mes jambes pour prendre mon sexe en coupe dans sa paume. Parce que tu as bel et bien très chaud.

Son contact a envoyé des spasmes dans tout mon corps et mes cuisses se sont refermées autour de ses doigts. J'étais pratiquement à bout de souffle alors que la Frénésie me ravageait.

–Ne te jette pas de fleurs, bébé. C'est tout à fait normal pour les premières chaleurs de la saison.

Il fallait que je retourne la situation avant de perdre tout contrôle. J'ai commencé à le frotter à travers son pantalon. Son emprise sur mon entrejambe s'est relâchée tandis qu'il encaissait la stimulation.

–Et c'est juste ma main. Tu imagines à quel point ce serait bon de sentir ma bouche au même endroit ? ai-je dit en le léchant derrière l'oreille.

J'ai senti ses doigts repartir à l'assaut de mon sexe, mais je n'allais pas le laisser reprendre le dessus. Je l'avais mis dans les cordes, il était temps de le mettre K.-O. Dans un mouvement rapide, j'ai soulevé sa chemise et plongé ma main dans son pantalon. Il n'y avait plus de barrière à présent.

Mes doigts ont enveloppé son doux membre et ont commencé un lent mouvement de va-et-vient.

Le contact de ma peau contre la sienne nous a envoyés tous les deux dans une sorte de transe. Aiden a attrapé mon bras et m'a poussée contre le mur. Il a approché ses lèvres pour m'embrasser, mais je me suis détournée. Il a essayé de poser ses mains sur ma poitrine, mon cul, sur chaque endroit qui aurait pu lui faire reprendre l'avantage, mais je le branlais de plus en plus vite jusqu'à le sentir au bord de l'orgasme.

Plus que quelques caresses.

Aiden avait le souffle court, perdu dans le plaisir que je lui procurais. Toute volonté de lutter l'avait abandonné, il avait complètement cédé à sa Frénésie. Il était exactement là où je voulais qu'il soit.

– C'est bien assez, ai-je dit en retirant ma main de son pantalon.

– C'est tout ce dont tu es capable ? a demandé Aiden, de la sueur coulant de son visage.

– Oh non, et de loin, bébé. Je ne fais que m'échauffer.

ÉPISODE 9
LAVER LE LINGE SALE

Jocelyn

Depuis ce trajet en voiture avec Sienna, ma tête était aux prises avec d'inextricables pensées et émotions. J'avais essayé de méditer, mais je ne parvenais pas à faire le vide dans ma tête. Chaque fois que j'étais dans cet état, il n'y avait qu'une solution.

J'avais besoin d'un verre.

Housman était mon endroit préféré quand j'avais besoin de m'évader. C'était un vieux bar à l'écart dans une ruelle. Il n'avait pas le glamour et l'éclat des bars et clubs populaires, mais c'était justement ce que j'appréciais dans ce lieu. Je n'avais jamais à me soucier qu'un membre de la Maison de la Meute passe la porte ou que quelqu'un me reconnaisse.

La femme derrière le bar était une douce âme prénommée Clémentine. Elle me traitait comme sa fille, s'assurant toujours de prendre mes mains dans les siennes et de me demander comment j'allais. Elle savait que je ne venais chez elle que lorsque j'avais un problème à régler.

Sienna était comme une jeune sœur pour moi. Je voyais beaucoup de moi-même en elle et quand elle s'était unie avec Aiden, mes sens de guérisseuse m'avaient murmuré qu'elle aurait besoin de quelqu'un qui l'aiderait à s'orienter dans la vie de la meute. J'avais grandi dans ce monde et pouvais l'aider là où sa sœur et sa mère étaient impuissantes.

Bien sûr, l'ironie de la chose ne m'échappait pas. J'avais vingt-cinq ans et je n'étais pas encore accouplée, j'étais pratiquement une vieille fille en âge loup-garou et je prodiguais des conseils à une jeune femme de vingt ans sur la façon de fonder une famille et de s'occuper de son compagnon.

Après mes relations ratées avec Aiden et Josh, j'étais impatiente de trouver ma moitié. Guérir les autres était un travail ingrat. J'étais la personne vers laquelle tout le monde se tournait, mais sur qui pouvais-je me reposer, moi ?

C'est ce que j'essayais de comprendre chez Housman.

J'ai bu une gorgée. Elle a coulé dans ma gorge et sa chaleur s'est répandue dans ma poitrine. Mais au lieu de s'arrêter là, la chaleur a continué à descendre dans mon corps, s'installant entre mes jambes dans un brasier infernal et imprévu.

Merde, je suis sur le point d'entrer en Frénésie.

Alors que des spasmes ondulaient dans mon entrejambe, j'ai balayé le bar du regard.

Aucun des hommes n'était mon genre. La Frénésie excitait peut-être les louves, mais il devait y avoir un minimum d'attirance entre les amants.

J'ai pivoté sur mon siège et j'ai passé les banquettes en revue. Des papillons commençaient à naître dans mon ventre. Ce ne pouvait pas être possible.

J'ai observé un homme et sa maîtresse en train de se tripoter. Ils n'étaient pas partenaires, ça je le savais, mais pourquoi est-ce que ma Frénésie me poussait vers eux ?

Ils ont dû sentir à quel point j'étais excitée parce que la femme a cessé d'embrasser le cou de son partenaire et a jeté un coup d'œil dans ma direction. Nous nous sommes regardées dans les yeux, puis elle a chuchoté quelque chose à l'oreille de son homme. Il a tourné la tête vers moi et a souri avant de lui répondre.

La femme s'est levée et s'est approchée de moi. Elle avait des cheveux frisés couleur cannelle et une peau moka magnifique. Ses hanches se balançaient dans un rythme hypnotisant.

Peut-être qu'elle souhaite juste commander un verre au bar. Regarde ta boisson. Ne la fixe pas.

– Mon partenaire et moi n'avons pu nous empêcher de vous remarquer.

Eh merde.

J'ai rougi en me tournant vers elle.

– Je suis désolée, je ne voulais pas vous dévisager.

– Tu as aimé ce que tu as vu ? a-t-elle demandé avec un sourire enjoué.

Attends, mais qu'est-ce qu'elle veut dire ?

Avant que je puisse trouver une réponse, ma Frénésie a pris le dessus. J'ai placé une main sur le bar pour me redresser. Quelque chose à propos de cette femme et de cet homme me faisait fondre. J'ai observé son partenaire, un dominant tout en muscles, grand, aux cheveux bruns et à la barbe fournie. Ils étaient tous deux magnifiques et sexy. Je n'avais jamais fait une telle chose avant, mais bizarrement, cela ne semblait pas mal.

– J'ai beaucoup aimé, oui, ai-je répondu en touchant la main de la femme.

***

Nous nous sommes tous les trois jetés sur le lit, nous arrachant mutuellement nos vêtements dans une frénésie totale. J'ai attiré l'homme à moi et j'ai commencé à l'embrasser, mais la pression chaude des lèvres de la femme sur mes seins m'a fait sursauter.

Avant de m'en rendre compte, j'avais abandonné mon corps à leurs mains et à leurs lèvres. Je me tordais et me tendais sous le plaisir intense qui traversait mes nerfs et chacun de mes muscles. Ils m'ont pénétrée chacun leur tour. Lui avec son pénis et elle avec ses doigts et sa langue.

J'ai senti tout mon être se contracter et une pression a commencé à grandir en moi. J'avais tellement chaud que j'étais à la limite du délire. Ma peau était couverte de sueur et je peinais à reprendre mon souffle.

– Je vais jouir ! ai-je crié.

J'ai attrapé la femme et j'ai attiré son visage vers le mien. Nous nous sommes embrassées et nos langues se sont touchées sensuellement, avec bonheur.

À cet instant, toute la pression accumulée s'est libérée en une violente éruption et des vagues de spasmes chauds ont secoué mon corps. Tout l'air est sorti de mes poumons et ma bouche s'est ouverte, mais je n'ai pas pu crier.

Je me suis agrippée à elle et elle à moi, elle me couvait de ses yeux sombres et rassurants. L'orgasme m'a laissée complètement molle, c'était comme si je venais de courir un marathon et que les seules parties de moi toujours en état de fonctionner étaient mes poumons et mon cœur.

– Est-ce que tu as passé un bon moment ? m'a-t-elle demandé.

– Tu plaisantes, n'est-ce pas ? ai-je répondu, en reprenant mon souffle. Oui, c'était vraiment formidable.

– Bien. Pour nous aussi, a-t-elle assuré avec un sourire.

Son partenaire et elle étaient couchés chacun d'un côté de moi et parcouraient doucement mon corps de leurs doigts. Je suis restée allongée une demi-heure à les regarder faire l'amour pendant que je reprenais des forces. Pour une raison qui m'échappait, je me sentais à l'aise avec eux comme je ne l'avais jamais été avec mes amants précédents.

Lorsque je suis partie, ils m'ont tous deux embrassée pour me dire au revoir.

– Peut-être qu'on se reverra, a dit la femme en m'attirant à elle.

J'ai respiré une dernière bouffée de son parfum.

Je ne voulais pas la lâcher.

– Oui, j'aimerais beaucoup, ai-je répondu en la serrant contre moi.

Josh

Je me fichais que Sienna siège au conseil. En tant que compagne de l'Alpha, elle avait tous les droits d'être impliquée dans la gouvernance de la meute. Ce qui me dérangeait, en revanche, c'était tout le drame qu'elle provoquait.

J'aimais à penser que j'étais un Bêta plutôt calme, mais je devais tout de même diriger la meute de la façon la plus efficace possible. Non seulement parce que c'était mon job mais aussi parce qu'Aiden était mon meilleur ami. Et si j'accomplissais ma mission correctement, alors je lui facilitais la vie. C'est ce que les meilleurs potes sont censés faire l'un pour l'autre.

Tout cet imbroglio entre sa vie perso et la vie de la meute causait des problèmes majeurs. Je n'imaginais pas que Sienna et Aiden allaient mettre tous leurs désaccords de côté, loin de là, mais pendant ce temps-là, la meute souffrait.

– Aiden, est-ce que tu as une minute ? ai-je demandé en le rattrapant dans le couloir.

– Bien sûr, Josh, qu'est-ce qui te préoccupe ?

– Je cherche la liste des associations caritatives auxquelles nous faisons des dons pour les fêtes de fin d'année, impossible de mettre la main dessus.

– Sienna s'en occupe.

Ça allait être plus compliqué que je le pensais. Comment j'étais supposé lui annoncer que sa compagne faisait n'importe quoi, sans l'énerver ?

– Super, mais j'ai besoin de la liste pour mercredi. Sinon les fonds ne seront pas envoyés à temps. Je serais plus que ravi de le faire si elle est occupée.

– Non, je le lui rappellerai cet après-midi.

Il ne comprenait toujours pas. S'il se comportait de la sorte avec Sienna, je p comprenais pourquoi elle était en colère contre lui. J'allais devoir être plus direct.

–Tu sais, j'ai l'impression que tu lui as confié trop de dossiers, Aiden. D'autant plus qu'il est clair que la meute n'est pas nécessairement sa priorité numéro un. Si elle désire se retirer de certaines de ses obligations, je peux la soulager. C'est moi qui m'en occupais avant, après tout.

J'ai retenu mon souffle, attendant de voir quelle réaction Aiden allait avoir.

–Josh, il faut qu'elle comprenne que les missions liées à la meute sont aussi importantes que ses autres obligations. C'est ma compagne et cela fait partie de ses responsabilités.

–Ouais, mais étant donné tout ce qui se passe entre vous…

–J'ai dit que j'allais lui en parler cet après-midi. Tu auras ta liste.

Je savais qu'il ne fallait pas forcer quand il était comme ça. J'avais dit ce que j'avais à dire, je me suis donc éclipsé avant qu'il n'explose.

Sienna

Winston avait toujours été l'endroit où nous nous retrouvions entre amies avant que Michelle et moi soyons unies à nos compagnons. C'était un restaurant assez banal, qui n'avait rien d'exceptionnel si ce n'est sa constance à rester banal.

Michelle et moi étions en train de partager un panier de frites et d'avaler des milk-shakes. Après avoir peint dans le parc, j'avais décidé que j'avais besoin de la présence de Michelle pour mettre un peu de légèreté dans ma journée.

–Avoir ces plantons toujours autour de nous change vraiment l'ambiance, a commenté Michelle en pointant un agent de sécurité à l'aide d'une frite. Vous en voulez ? a-t-elle demandé en lui tendant le panier de frites bien grasses. Si vous comptez rester planté là, autant que vous participiez à la conversation.

–Non merci, Madame, a répondu l'un des gardes du corps comme un robot sans émotions.

–Comme il vous plaira, a dit Michelle, levant les yeux au ciel. Alors, Si, est-ce qu'Aiden et toi êtes entrés en Frénésie ou pas encore ? Josh et moi, ça s'est passé pendant qu'il conduisait, on a dû se garer sur le côté et le faire sur le bord de la route. Je ne sais pas si c'était l'espace confiné, le fait que des gens pouvaient nous voir ou juste le fait de chevaucher mon compagnon, mais c'était le meilleur sexe que j'aie jamais eu.

– Mon Dieu, Michelle, nous sommes en public !

– Quoi ? Depuis quand es-tu devenue aussi prude ? a-t-elle demandé en souriant.

La clochette suspendue au-dessus de la porte d'entrée a sonné et j'ai vu un homme très chic regarder autour de lui, l'air concentré. Quand il nous a repérées, Michelle et moi, il a redressé la tête et s'est aussitôt dirigé vers notre table.

Pour une fois, j'étais reconnaissante d'être entourée par des agents de sécurité. L'homme n'a pu faire que quelques pas avant qu'une énorme main ne jaillisse et l'agrippe.

– Waouh, je suis juste coursier. J'ai une lettre à remettre à Sienna Norwood de la part de sa belle-mère, a-t-il dit en brandissant une enveloppe.

Super, qu'est-ce que Charlotte me voulait encore ? L'agent de sécurité a pris la lettre et me l'a tendue. J'ai déchiré l'enveloppe et j'ai immédiatement été prise de nausée en découvrant l'invitation ostentatoire.

– Qu'est-ce qu'elle veut, cette vieille mégère ? a demandé Michelle en avalant les dernières gouttes de son milk-shake.

– C'est une invitation pour un déjeuner, demain, ai-je dit, sur mes gardes. Elle veut que je sois son invitée d'honneur.

ÉPISODE 10
L'HEURE DU DÉJEUNER

Aiden

– Maman, c'est exactement le genre de chose que je t'avais demandé de *ne pas* faire.

– Je n'ai pas la moindre idée de ce à quoi tu fais référence, Addy. J'organise simplement un agréable déjeuner avec ta compagne et quelques-unes de ses proches et membres de sa famille.

Elle avait toujours fait ça. Elle reformulait les choses pour qu'elles cadrent avec son point de vue, sa version de la réalité. C'est ainsi qu'elle avait agi à la mort d'Aaron et elle le faisait à nouveau maintenant. Parfois, je pensais qu'elle croyait vraiment ce qu'elle racontait, mais il y avait toujours une partie de moi qui restait sceptique. Elle était trop rusée pour se laisser berner par ses propres illusions.

Le déjeuner était arrivé comme une surprise totale.

Après que Sienna et moi avions eu notre moment dans la chambre du conseil, j'avais parlé à mes parents et ils avaient accepté de déménager dans un autre endroit en ville. Cela allait apaiser les tensions à la maison, mais cela signifiait aussi que je ne pouvais plus les avoir à l'œil.

À présent, je regardai la salle à manger de la Maison de la Meute se transformer en un endroit extravagant qui aurait pu laisser penser que nous attendions une visite de l'Alpha du Millénaire.

– Cela va ici, ma chère, a indiqué ma mère en faisant signe à l'une des employées. Qui a osé sortir cette cuillère ? Ne voyez-vous pas qu'elle est sale ?

Elle préparait quelque chose, j'en étais certain.

– Addy, déguerpis, veux-tu. Le déjeuner est réservé aux filles. Va t'occuper de ta meute.

Je lui ai lancé un dernier regard, espérant capter quelque forme de malice dans ses yeux. Sienna avait semblé bizarrement détendue quand elle m'avait parlé du déjeuner, peut-être qu'elles étaient prêtes toutes deux à tourner la page.

Si c'était le cas, je n'allais certainement pas m'y opposer.

Sienna

J'ai passé mes mains sur ma jupe, pour la lisser avant de descendre le couloir menant à la salle de réception.

J'aurais voulu enfiler un pantalon, mais Michelle m'avait convaincue que ce serait trop décontracté, alors j'avais mis des collants et dégotté la plus chaude de toutes les robes d'hiver de ma collection. Heureusement qu'Aiden gardait la Maison de la Meute à une température plus que raisonnable pendant les mois froids, mais j'étais toujours agacée d'avoir eu à me changer pour Charlotte.

– Bonjour, Madame Norwood, a dit la serveuse empressée qui était postée devant la porte.

C'était une jeune fille aux yeux vifs, dont les cheveux blonds tressés étaient ramenés en un chignon soigné. Elle avait en outre deux grains de beauté sur la joue gauche.

– Il y a un mot de passe ? ai-je demandé.

– Oh, je suis désolée, je suis tellement empotée. J'étais distraite par votre robe. Elle est si jolie. Oh, mon Dieu, est-ce que j'ai le droit de vous adresser la parole ? Je suis désolée. Je ne sais jamais quand me taire !

– Tout va bien, ai-je répondu en souriant. Merci pour le compliment. J'adore votre coiffure.

– Vraiment ? a-t-elle demandé, rayonnante. Merci, Madame Norwood. C'est un tel honneur de vous rencontrer. Vous êtes un modèle pour moi !

– Que voulez-vous dire ?

– Tout ce que vous faites pour les jeunes louves. Nous faire comprendre que nous pouvons prendre nos propres décisions. C'était inspirant de voir la position que notre Lady Alpha a adoptée au festival.

Je ne savais pas trop quoi répondre. L'idée d'être un modèle m'avait surprise. Selena avait bien fait quelques blagues à ce sujet, mais je ne l'avais jamais prise au sérieux. De plus, cette fille ne devait pas être beaucoup plus jeune que moi. Comment pouvait-elle m'admirer ?

– Merci pour ces mots si gentils, ai-je dit. Mais je ne veux pas me faire attendre.

– Bien sûr, je suis désolée de vous avoir accaparée, Madame Norwood, a-t-elle répondu en ouvrant la porte.

Je m'étais attendue à trouver seulement Aiden et ses parents, mais au lieu de cela, j'ai été accueillie par une table remplie de mes amies les plus proches et des membres de ma famille. Ma mère, Selena, Jocelyn, Michelle, Mia… et même Erica étaient présentes.

– Eh bien, ne reste pas plantée là comme un lapin pris dans des phares, ma chère. Viens prendre la place qui te revient en tant qu'invitée d'honneur.

– Qu'est-ce que vous faites toutes là ? ai-je demandé en m'approchant de la table.

– Maintenant que nous faisons partie de la même famille, j'ai pensé qu'il serait bien pour nous de mieux nous connaître. Après tout, nous savons fort bien qui dirige vraiment la Maison de la Meute, a déclaré Charlotte avec un sourire. Là, prends place, a-t-elle ajouté en me tirant une chaise.

J'ai lancé un regard interrogateur à Michelle pour lui demander ce qui se passait, mais elle s'est contentée de hausser les épaules.

– Maintenant, j'aimerais porter un toast en l'honneur de ma belle-fille, a annoncé Charlotte en levant son verre. Sienna, ma chère, tu as traversé tant d'épreuves cette semaine, et j'admets que notre arrivée à Daniel et moi a été… perturbante. J'aimerais m'en excuser. Je pense qu'on aurait tous pu mieux se comporter, c'est pourquoi j'ai organisé ce petit rassemblement. Je crois qu'il est temps que nous repartions sur de bonnes bases, Sienna. Aux nouveaux départs et à l'avenir de cette famille !

Tout le monde a poussé des cris de joie et a trinqué. J'imagine qu'Aiden avait raison, peut-être que Charlotte avait un côté sincère, après tout.

– Selena, chérie, quand est votre terme ? a continué Charlotte. Vous êtes radieuse.

– Oh, merci Charlotte, a répondu Selena en rougissant. Je dois accoucher dans trois semaines. Nous aurons alors une petite dame de plus autour de la table !

– Je suis certaine que vous êtes impatiente également, Melissa.

– C'est peu dire, s'est exclamée Selena.

– Allons bon, j'ai été très sage et je ne me suis pas mêlée de ce qui ne me regardait pas !

– Maman, tu déjeunes avec mon obstétricien trois fois par semaine.

– Nous sommes collègues, tout ne tourne pas autour de toi, a-t-elle répliqué avec un sourire coupable. Mais pour répondre à votre question, Charlotte, je suis pressée que ma première petite-fille arrive !

– La première d'une longue série, j'en suis sûre, a rétorqué Charlotte.

Pendant que les serveurs apportaient l'entrée, Charlotte a poursuivi la conversation.

– Et vous, Mia, vous avez déjà un petit, n'est-ce pas ?

–Des jumeaux, à vrai dire, ils ont quatre mois.

–Tu aurais dû les amener, l'a interpellée Michelle. Ce sont littéralement les bébés les plus mignons que j'aie jamais vus!

–Ils sont avec leur père cet après-midi, donc si vous me voyez consulter mon téléphone sans arrêt, vous saurez pourquoi.

–C'est osé de laisser Kyler et Emmett seuls avec Harry!

–Je sais bien, c'est pour ça que je ne vais pas m'attarder, on y va doucement.

–Et toi, Michelle? a demandé Charlotte. Est-ce que les enfants sont au programme dans un futur proche?

–Nous allons voir. Josh et moi en voulons très certainement, et maintenant que la Frénésie est là, je ne serais pas surprise d'avoir une annonce à faire avant la nouvelle année.

–Oh là, là, on dirait bien qu'il va bientôt y avoir une petite meute de bébés galopant un peu partout. Erica, qu'en est-il pour vous?

–Je n'ai pas de compagnon, a rétorqué Erica, sur la défensive.

–Je vois, a répondu Charlotte. Eh bien, la saison vient de débuter, ma chère. Peut-être que ce sera votre année. Jocelyn, ma douce, qu'est-ce que tu me disais justement l'autre jour sur le fait que la santé d'une meute dépend du nombre de ses descendants?

J'ai jeté un regard interrogateur à Jocelyn. Avait-elle discuté avec Charlotte dans mon dos? Pourquoi n'avait-elle rien mentionné quand je lui avais rendu visite, l'autre jour?

–Je crois que vous sortez mes mots de leur contexte, Charlotte, a répondu Jocelyn avec calme. Ce que j'ai dit, c'est que la conscience collective d'une meute est améliorée quand ils savent que le futur sera stable, et cette stabilité nécessite de nombreux nouveau-nés en pleine santé.

–Oui, oui, mais au bout du compte, avoir des bébés est bon pour la meute. Je pense que tout le monde, autour de cette table, est d'accord là-dessus. N'est-ce pas, Sienna?

Je commençais à me sentir mal à l'aise. Tout ce déjeuner n'avait pas pour but d'apprendre à se connaître, mais plutôt de montrer que toutes les personnes qui m'entouraient avaient des bébés.

–Bien sûr, ai-je répondu avec prudence. Je suis heureuse

que ma sœur et mes amies aient choisi d'avoir des enfants. Ce n'est pas une décision à prendre à la légère.

– Je ne pourrais pas être plus d'accord, a répondu Charlotte. Beaucoup de choses changent quand on décide d'avoir une descendance, ou de ne pas en avoir.

Elle a marqué une pause pour être sûre d'avoir toute mon attention et j'ai soudain eu l'impression que nous étions toutes seules dans la pièce.

– D'autres pans de votre vie peuvent être impactés, de manière inattendue parfois. Votre travail, vos hobbies… votre compagnon. Non, fonder une famille n'est pas quelque chose à prendre à la légère, pas du tout.

C'était le coup final. Je pouvais voir le loup féroce caché derrière l'apparence de l'agneau. Dans aucun monde, elle et moi ne pourrions nous réconcilier. Même si je tombais enceinte demain, elle n'en aurait rien à faire de moi. Elle voulait seulement tenir son petit-fils ou sa petite-fille dans ses bras. Elle désirait uniquement un héritier pour les Norwood.

– Charlotte, vous n'avez pas à faire semblant de m'apprécier.

– Qu'est-ce que vous voulez dire, ma chère ?

– Cette petite comédie ne va pas fonctionner. Vous n'allez pas me contraindre à avoir un enfant en m'entourant de femmes qui en veulent. J'aime chacune de ces femmes de tout mon cœur et je respecte leurs choix, mais jamais elles ne me mettraient la pression à ce sujet comme vous tentez de le faire, en ce moment.

– Quand allez-vous cesser de me voir comme la grande méchante de cette histoire, Sienna ?

– Quand vous cesserez de vous comporter comme telle et que vous commencerez à me respecter.

– Il est difficile de respecter quelqu'un qui ne pense qu'à elle, ma chère.

– C'est un comble, venant de vous, ai-je répliqué. La seule raison qui vous a amenée ici est la peur que la réputation de votre famille soit ternie par trop de franc-parler.

– Sienna, Charlotte, veuillez arrêter, s'il vous plaît, a plaidé Melissa en se levant.

– Très bien, pensez donc que je suis horrible, mais je serai toujours la mère d'Aiden et je ferai toujours de lui ma priorité. C'est ce que signifie être la compagne de quelqu'un, ma petite demoiselle. Il faut faire des sacrifices. Aiden s'est plié en quatre pour satisfaire tes petits caprices et qu'as-tu fait en retour ? Tu l'as embarrassé devant la meute tout entière et privé de la plus grande joie qu'un loup peut avoir. Tu ne mérites pas mon fils, tu ne le mériteras jamais.

Les mots de Charlotte m'ont rongée comme de l'acide, mon cœur s'effondrait. Mais je n'allais pas lui donner la satisfaction de pleurer devant elle.

– Excusez-moi, Mesdames, mais je ne pense pas que je vais pouvoir rester.

Aussitôt que j'ai eu quitté la salle de réception, j'ai filé dans mon bureau et me suis enfermée.

Les larmes ont coulé à flots et je me suis laissée glisser sur le sol, incapable de contrôler la douleur qui s'était emparée de moi. Je ne pouvais pas m'empêcher de penser qu'il y avait un fond de vérité dans les paroles de Charlotte.

À ce moment-là, je ne voulais voir personne à part Aiden. Je voulais le sentir près de moi et l'entendre me dire que j'étais à la hauteur, que j'étais sa compagne et qu'il m'aimerait pour toujours.

ÉPISODE 11

DÉCLARATIONS

Sienna

Mon téléphone n'a cessé de sonner tout l'après-midi. Tout le monde essayait de me joindre après que je m'étais enfuie du déjeuner organisé par Charlotte. Je pensais vouloir être seule, mais je n'aurais pas pu me tromper davantage. J'avais besoin de parler à quelqu'un. J'ai pensé à Jocelyn, mais je n'étais toujours pas certaine de la relation qu'elle entretenait avec Charlotte, et Michelle et Mia ne comprendraient pas ce que je traversais. J'avais besoin de ma maman.

Sienna : Hé maman, est-ce que je peux passer ?
Mam : Oui ! Bien sûr !
Mam : Je suis à la maison toute la journée.
Sienna : Merci, on se voit dans 20 min.
Mam : Super !
Mam : Je t'aime, Si. Bisous.

Avant que je puisse atteindre la porte, Selena et elle étaient déjà dehors, me prenant dans leur bras.

– Oh, Si, je suis vraiment désolée. Nous n'avions aucune idée de ce qui allait arriver. On pensait vraiment que ce serait un déjeuner tout à fait normal.

– J'ai commencé à lui dire ses quatre vérités quand tu es partie, mais maman m'a arrêtée, a ajouté Selena.

– Tout va bien, ai-je répondu. Je sais que vous étiez juste aussi surprises que je l'ai été.

– Viens à l'intérieur, ma chérie, ne reste pas dans le froid. J'ai une bonne tasse de chocolat chaud qui t'attend.

Être dans ma maison d'enfance suffit à me faire sentir mieux. Je n'avais pas à réfléchir deux fois avant de parler ou à constamment regarder par-dessus mon épaule comme à la Maison de la Meute.

Je me suis recroquevillée sur le canapé et ma mère m'a apporté mon chocolat et un plateau de biscuits au gingembre pendant que Selena me couvrait d'un plaid.

– Et voilà, petite sœur. Bien au chaud comme un escargot.

– Est-ce que je peux faire autre chose ? a demandé maman.

– Non, c'est parfait. J'ai juste besoin de savoir que vous deux ne me détestez pas.

– Oh, mon Dieu, Sienna, pourquoi est-ce qu'on te détesterait ?

– Je ne sais pas. Je vois comme vous êtes impatientes pour le bébé de Selena et je me dis que ce serait parfait si on avait des enfants en même temps pour qu'ils puissent grandir ensemble et…

– Si, tu dis des choses insensées, m'a interrompue Selena. Tu ne devrais pas avoir d'enfants simplement parce que ce serait mignon qu'ils aient à peu près le même âge ! Il y a une raison au fait que Jeremy et moi avons attendu. Nous avions d'autres choses à faire avant de nous poser vraiment.

– Oui, et ne pense pas que je t'aime moins parce que tu ne me donnes pas de petit-enfant. Tout ce qui m'importe, c'est que tu sois heureuse, quels que soient tes choix dans la vie.

– Ouais, ne laisse pas cette vieille chamelle de belle-mère t'atteindre. Sienna, c'est ta vie, c'est ton utérus.

J'étais si reconnaissante de les avoir toutes les deux dans ma vie. Nous avons passé le restant de l'après-midi à regarder des films sans jamais parler d'enfants ni de la meute.

Aiden

Sienna était rentrée à la maison d'une humeur inhabituelle. Pour la première fois depuis le festival, elle semblait détendue.

Jocelyn m'avait déjà confié ce qui s'était passé au déjeuner et je m'attendais à ce que Sienna m'adresse un énième ultimatum concernant ma mère mais, à la place, elle s'est lovée dans mes bras et m'a demandé comment s'était passée ma journée.

Je ne comprenais pas.

Nous nous sommes simplement allongés tous les deux dans les bras l'un de l'autre et nous avons parlé. De choses et d'autres. On a discuté jusqu'à ce que le soleil se lève.

C'était si simple et facile. C'était comme retrouver un vieil ami qu'on n'a pas vu depuis des lustres. Ça m'a rappelé à quel point j'étais fou d'elle, quelle compagne parfaite elle était. Après cette nuit, je ne pouvais pas m'imaginer passer le restant de ma vie sans elle à mes côtés.

Des coups légers contre ma porte m'ont sorti de ma rêverie.

–Addy, la presse est là pour ton annonce concernant le nouveau festival.

–Oui, j'arrive tout de suite, mère.

–Tant mieux. Ce serait malvenu de faire attendre les journalistes. Les esprits oisifs inventent les histoires les plus fantaisistes !

Est-ce qu'il fallait toujours qu'elle ajoute un de ses proverbes à la noix ? Fallait-il toujours qu'elle ait le dernier mot ?

J'ai marché jusqu'à la salle où se tenait la conférence de presse tout en me sentant tiraillé. Je n'étais pas certain de ce que je voulais dire, mais quoi que j'allais annoncer, il faudrait m'y tenir. La parole d'un Alpha est sacrée.

Quand je suis arrivé, j'ai vu ma mère, mon père, Sienna et le reste du conseil alignés sur le podium. Les reporters s'étaient entassés comme des sardines dans la pièce. Je sentais leurs yeux rivés sur moi, scrutant chacun de mes mouvements ou de mes expressions.

Ma mère et mon père souriaient tous les deux comme si de rien n'était. Puis j'ai croisé le regard de Sienna, son expression *étai*t plus réservée mais dix fois plus sincère. Cela allait faire mal, mais j'avais pris ma décision.

J'ai placé mes mains de chaque côté du pupitre et je me suis penché vers le bouquet de micros braqué vers mon visage.

– Bonjour, ai-je commencé. Il y a quelques jours, Sienna et moi-même avons annoncé que nous étions d'accord pour reporter le festival de la fertilité à la prochaine pleine lune. Depuis lors, nous n'avons communiqué que peu d'informations.

Du coin de l'œil, j'ai repéré ma mère qui hochait la tête à chacun de mes mots. Tout se déroulait comme elle l'avait prévu.

– Eh bien, la raison de cela est que j'ai décidé de respecter la décision de ma compagne et de repousser le rituel indéfiniment. Quand Sienna et moi serons prêts à fonder une famille, nous le ferons savoir à la meute mais, pour l'instant, notre décision d'avoir un enfant ne sera dictée par rien d'autre que notre désir commun. Merci.

Une litanie d'objections a fusé de la foule tout comme des mains tendues, mais je n'avais pas l'intention de répondre à leurs questions. Tout ce qui m'importait, à cet instant, était de retrouver ma compagne.

Je me suis tourné vers Sienna, qui était rayonnante. Elle a murmuré un silencieux « Je t'aime » qui m'a rempli de fierté et de joie.

Tout le monde, mon conseil y compris, était abasourdi. Je voyais mes parents s'agiter, cligner frénétiquement des yeux en essayant de ne pas perdre leur contenance devant les caméras.

– Viens me voir dans mon bureau dans dix minutes, ai-je dit à ma mère en l'embrassant sur la joue. Papa, tu es le bienvenu également.

Ils étaient bien trop furieux tous les deux pour formuler une réponse, mais je me fichais complètement de savoir s'ils viendraient ou pas.

J'ai attrapé Sienna par la main et j'ai planté un doux baiser sur ses lèvres.

– Je suis désolé d'avoir mis autant de temps à comprendre.

***

– Oh, Addy ! Je ne peux pas croire que tu te sois montré aussi idiot !

– Ce n'est pas la décision d'un Alpha fort, fils. Tu instaures un dangereux précédent en agissant ainsi.

J'étais assis dans mon fauteuil, accueillant leurs attaques avec une liesse inattendue. Il y avait quelque chose de profondément comique dans le fait de les voir déverser d'un coup tout le vitriol qu'ils avaient contenu jusqu'alors.

– Quoi que cette fille t'ait fait, a invectivé ma mère en pointant un doigt vers Sienna, c'est le résultat de motivations égoïstes. Elle se fiche complètement de la meute et de cette famille.

– Ta mère et moi essayons simplement de te sortir de la situation qu'elle a créée, mais toi, tu sautes tête la première ! Mais dis quelque chose, bon sang !

Je contemplais les deux silhouettes fulminant devant moi.

Rien de ce qu'ils pourraient dire ou faire ne me rendrait aussi heureux que Sienna.

Rien de ce qu'ils pouvaient m'offrir ne me ferait me sentir aussi complet et satisfait que quand j'étais près d'elle.

– Maman, papa, depuis que vous êtes arrivés ici, vous m'avez fait prendre conscience d'une chose : votre priorité sera toujours de protéger l'héritage de la famille. Je pensais que cela aurait peut-être changé quand j'ai appris pour le déjeuner organisé par maman, mais je me trompais profondément. Vous êtes tellement obsédés par ce qu'il y a de meilleur pour la famille que vous n'avez aucune idée de comment vous comporter comme une *vraie* famille. Sienna est ma compagne. Point. Final. Il n'y a personne d'autre avec qui je préférerais vivre ma vie. Rien ne compromettra jamais notre couple. Ni vous ni la meute, et certainement pas le choix d'avoir des enfants ou non. Je ne m'attends pas à ce que vous compreniez, alors je vais reformuler : je ne veux plus vous voir, ni l'un ni l'autre.

Le visage de mon père est devenu sévère, il a serré la mâchoire. Je me fichais éperdument qu'il soit en colère. Il l'avait bien cherché, ils l'avaient bien cherché tous les deux.

– C'est très clair, a lâché Daniel en posant ses mains sur les épaules de ma mère. Je suis heureux qu'Aaron ne soit plus là pour voir le genre de loup que tu es devenu.

Les yeux de ma mère se sont remplis de larmes alors qu'elle me dévisageait, incrédule, secouant la tête.

– Addy, oh, Addy, je suis si déçue…

Ils ont quitté la pièce rapidement, mais se sont assurés de claquer la porte derrière eux.

Aucune once de culpabilité n'avait fait son apparition en moi. Le fait que mon père utilise la mort d'Aaron n'avait rendu ma décision que plus facile.

J'ai tourné mon attention vers Sienna, qui, pour la première fois depuis des lustres, était sans voix.

– Je ne l'ai pas fait que pour toi, ai-je expliqué, mal à l'aise devant son silence. Il était grand temps que je leur tienne tête.

Sienna s'est avancée vers moi et a glissé sa main autour de ma taille, m'attirant dans un baiser passionné. J'ai fermé les yeux et me suis laissé glisser dans son étreinte.

Sienna

Je me suis imprégnée de son parfum tandis que nos lèvres se pressaient dans un baiser fougueux.

J'ai reculé, savourant toujours son goût sur ma bouche.

J'étais prête à tenir ma promesse. J'ai parcouru ses joues avec mes doigts, laissant mon pouce traîner sur ses sombres et délicieuses lèvres.

Il a ouvert les yeux, me suppliant silencieusement de le soulager de son agonie.

Il avait cédé. Je n'avais pas besoin de me l'entendre dire. Nous le savions tous les deux.

J'ai pressé mon pouce contre ses lèvres et il m'a laissée le plonger dans sa bouche. Sa langue chaude a englouti mon doigt, envoyant des frissons partout dans mon corps. J'ai senti mes tétons et tout mon corps vibrer. Ma vision s'est brouillée et mes jambes m'ont lâchée.

Alors que je m'effondrais, ses bras forts m'ont rattrapée et attirée tout contre son corps musclé. Chaque centimètre de mon corps hurlait de désir pour lui, et mon sexe me faisait mal tant il était impatient.

Il a laissé courir sa main dans mes cheveux, puis a placé ma tête sur le côté pour dégager mon cou, le mordre et l'embrasser. Je me suis perdue dans l'extase des caresses d'Aiden, déchirant sa chemise et envoyant voler des boutons dans toute la pièce.

– Prends-moi maintenant ou plus jamais, ai-je ordonné.

Dans ces situations bien précises, Aiden n'avait jamais eu de problème à obéir. Il a attrapé mon haut et l'a passé par-dessus ma tête. Se débarrassant de sa chemise par la même occasion, il m'a posée sur la table de conférence de manière que mes jambes l'entourent.

– Fais-le, ai-je gémi.

– Patience. Le plaisir est dans l'attente.

– Va te faire voir, ai-je réussi à articuler.

Une de ses mains s'est saisie de ma jambe et l'autre a tiré ma culotte vers le côté. Il s'est baissé et a positionné sa bouche au-dessus de mon sexe, son souffle chaud s'écrasant sur ma peau.

J'ai fermé les yeux, attendant, suppliant.

Je n'en pouvais plus. J'avais besoin de lui à l'intérieur de moi.

L'attrapant par les cheveux, j'ai tiré sa tête vers le haut pour que nos yeux soient à même hauteur.

– Viens par là et baise-moi.

Sans un mot, il a ôté son pantalon et a grimpé sur la table. Elle a craqué sous notre poids, mais elle pouvait bien céder, je n'en avais rien à faire. Il a attrapé ma main et l'a placée au-dessus de ma tête. Avant que je puisse protester, je l'ai senti plonger en moi. Ça m'a coupé le souffle et ma bouche s'est ouverte en quête d'air. Ses poussées puissantes me faisaient trembler et j'ai dû planter mes dents dans son épaule pour me retenir de hurler.

Je pouvais le sentir durcir encore à l'intérieur de moi et je savais qu'il était sur le point de jouir.

Les va-et-vient d'Aiden se sont accélérés alors que nous atteignions tous les deux un orgasme atomique qui semblait pouvoir me couper en deux. Aiden a grogné en venant, et j'ai hurlé de plaisir pur.

Après avoir repris mes esprits, j'ai levé la tête vers son visage en sueur et j'ai repoussé en arrière les cheveux accrochés à son front.

Je ne pouvais pas croire que cet homme magnifique, plein de compassion, soit mon compagnon, et j'avais hâte de passer le restant de ma vie avec lui.

ÉPISODE 12
PANIQUE AU PARADIS

Sienna

Notre entrevue dans la salle du conseil nous a aidés, Aiden et moi, à renouer le dialogue. Après que ses parents ont fait leurs valises et quitté la ville, nous avons passé la semaine suivante à laisser libre cours à notre passion, comme avant le drame créé par le festival.

Nous avons laissé nos Frénésies prendre le dessus et avons fait l'amour partout où c'était possible. J'avais vraiment l'impression de retrouver mon compagnon. Mais une chose était certaine : nous ne pouvions utiliser le sexe pour résoudre nos conflits. Non seulement parce que nous étions tous les deux fous l'un de l'autre mais aussi parce que cela ne fonctionnait pas. Cela ne faisait qu'augmenter la tension entre Aiden et moi.

Toute cette expérience avec le festival et les parents d'Aiden m'avait vraiment forcée à grandir. À l'avenir, si nous avions une divergence d'opinions, le consensus était d'être le plus sincère possible l'un envers l'autre jusqu'à ce que l'un des deux revoie sa position. Mais ne plus user de menaces pleines de hargne.

Aiden était parti tôt, mais j'avais choisi de faire la grasse matinée. Mon corps était toujours endolori après nos activités nocturnes. Je commençais à me rendormir quand la sonnerie de mon téléphone m'a fait sursauter.

Aiden : Debout, la belle au bois dormant.
Sienna : Tu ne m'as pas embrassée quand tu es parti.
Sienna : Malpoli
Aiden : Tu étais si paisible.
Aiden : Et puis, je sais comme tu es au réveil.
Aiden :
Sienna : Hé !
Sienna : Ne me force pas à réinstaurer l'embargo.
Aiden : Tu n'oserais pas.
Sienna : Ne me tente pas
Aiden : Ah oui ? Pourtant la tentation est grande
Sienna : C'est pas ce que je voulais dire, idiot lol
Aiden : Amène tes fesses, ma belle.
Sienna : Le plaisir est dans l'attente…
Aiden :
Sienna :

Les messages d'Aiden m'avaient mise d'humeur Frénétique, ce matin. Impossible de retrouver le sommeil, maintenant. Il allait voir. J'allais m'en assurer.

Je me suis glissée hors du lit et rendue dans la salle de bains pour me brosser les dents. J'ai jeté un coup d'œil à l'horloge digitale sur l'étagère. Il était presque 10h30.

Il va falloir te coucher tôt ce soir, ma fille.

J'ai recraché le dentifrice et me suis essuyé la bouche, c'est là que l'horreur m'a saisie. La date. Impossible ! Je suis allée dans la chambre et j'ai attrapé mon téléphone. La même date est apparue sur mon écran de veille.

Mon estomac a protesté et une vague de panique s'est emparée de moi.

Mes règles étaient en retard.

Sienna: J'ai besoin d'une faveur.
Jocelyn: Bien sûr, qu'y a-t-il?
Sienna: Peut-on se voir en personne?
Jocelyn: Je suis libre à 14h.
Jocelyn: Tu veux passer?
Sienna: Ouais.
Sienna: Tu seras à ton bureau?
Sienna: Je peux venir maintenant si tu le souhaites.
Sienna: Non, ne t'inquiète pas.
Sienna: Ce n'est pas une urgence.
Sienna: C'est juste personnel.
Jocelyn: D'accord, si tu le dis.
Jocelyn: On se voit à 14h alors! Bisous.

C'était là la réelle beauté de Jocelyn. Elle pouvait voir à travers la carapace de chacun et se focaliser sur ce qu'on cachait à l'intérieur.

En ce moment même, alors que je me tenais devant la porte de son bureau, j'avais besoin de ses services pour deux choses. J'avais beaucoup de préoccupations en tête que je devais déballer et j'avais besoin qu'elle vérifie si un petit habitant avait élu domicile à l'intérieur de moi.

La porte s'est ouverte et l'odeur apaisante de l'encens et du jasmin s'est répandue dans mes narines.

L'anxiété qui m'avait tenaillée toute la matinée a commencé à se dissiper lorsque Jocelyn a pris mes deux mains dans les siennes et m'a regardée de ses yeux noisette, cherchant quel pouvait bien être mon problème.

– Qu'est-ce qui t'amène, ma déesse? a-t-elle demandé en me faisant entrer. Tes messages m'ont inquiétée.

Je me suis assurée que la porte était bien fermée avant de lui annoncer la raison de ma visite.

– Je n'ai pas eu mes règles, Jocelyn.

– De combien de jours ? La Frénésie peut bouleverser les cycles, parfois.

– J'ai six jours de retard.

Jocelyn a gardé le silence pendant un moment, puis m'a invitée à m'asseoir sur son canapé.

– Je suppose qu'Aiden et toi avez couché ensemble, récemment.

Je lui ai jeté un regard qui signifiait « sans rire, meuf ».

– Hé, il faut bien que je pose ces questions, a-t-elle répliqué, le sourire aux lèvres. Je suis heureuse de savoir que vous vous êtes réconciliés.

– Moi aussi. Je veux dire, je suis reconnaissante qu'Aiden ait réussi à revoir sa position sur notre situation familiale, mais je vois bien que c'est difficile pour lui. Il doit toujours lutter contre l'envie de me pousser. J'ai comme l'impression que la pression s'est accentuée justement parce qu'il se montre si compréhensif. Je veux lui donner ce qu'il désire, mais il y a toujours ces pensées parasites concernant mes parents biologiques qui me polluent la tête.

– Bien sûr, a répondu Jocelyn. Tu n'es pas la première louve à venir me voir avec ce sentiment. Le lien d'accouplement est une belle chose, et lorsqu'il se produit, les deux partenaires éprouvent un sentiment d'euphorie incroyable.

– Et puis ?

– Et puis les couples peuvent parfois être en désaccord sur la manière de maintenir cet élan. L'un peut vouloir prendre quelques années pour se faire à l'idée d'être uni avant de penser à fonder une famille tandis que l'autre voit l'arrivée d'enfants comme une formidable nouvelle aventure. Et dans certains cas, l'un des partenaires ne veut pas de petits du tout. Ce que j'essaie de te dire, c'est que les deux veulent ce qu'il y a de meilleur pour la relation, mais il peut se faire qu'ils ne soient pas d'accord sur la manière de procéder.

– Je veux fonder une famille avec Aiden, Jocelyn. Vraiment. Il aura tout ce qu'il désire. Je me sens juste coupable de prendre mon temps…

–Tu ne devrais pas. Et Aiden n'essaie pas de te piéger.

–Je sais, ai-je répondu, me sentant stupide d'avoir même pu suggérer que c'était le cas.

–Alors, qu'est-ce que tu souhaiterais savoir sur tes parents biologiques? S'ils sont véritablement le seul obstacle qui te retient, qu'est-ce qui pourrait t'apporter la tranquillité d'esprit que tu recherches?

J'avais réfléchi à cette question précise un millier de fois pendant la semaine qui venait de s'écouler. Il y avait tant de choses que je souhaitais savoir sur eux, mais tout pouvait se résumer à une question.

–Je veux savoir pourquoi ils ont fait ça, Jocelyn. J'ai besoin de savoir pourquoi ils m'ont abandonnée dans cette voiture.

–Et pourquoi est-ce une question primordiale pour toi?

–Eh bien, il suffit de voir les parents d'Aiden, comment ils l'ont abandonné! Cela a provoqué un état émotionnel désastreux, et puis regarde-moi. Je ne parviens pas à me sentir à l'aise à l'idée d'avoir des enfants à cause de mes problèmes. Si je ne découvre pas la raison pour laquelle ils m'ont abandonnée, j'ai peur de me retrouver dans la même situation.

–Sienna, tu ne vas pas abandonner ton enfant, a répondu Jocelyn en posant sa main sur mon genou. En même temps, je ne vais pas te mentir. Devenir parent s'accompagne de beaucoup d'incertitudes. C'est comme toute décision dans la vie, le résultat n'est jamais garanti. Alors, si c'est la certitude que tu attends, je ne pense pas que tu seras jamais prête à fonder une famille.

Était-ce possible? Est-ce que j'utilisais mes parents comme une excuse? Et même si c'était le cas, je ne pouvais pas m'empêcher de penser qu'avoir un enfant ne me convenait pas. Pour l'instant, en tout cas.

–Tu penses que je suis prête? ai-je demandé en regardant Jocelyn dans les yeux.

–Tu es la seule à pouvoir répondre à cette question, Sienna.

–Mais tu me connais, Jocelyn. Et si j'étais enceinte? J'ai besoin de savoir que je suis prête.

– Ce n'est pas grave si tu ne l'es pas, a-t-elle dit d'une voix rassurante.

– Vraiment ? Et si ma mère n'avait pas été prête ? Et si c'était la raison pour laquelle elle m'avait abandonnée ?

Soudain, l'idée d'un enfant grandissant à l'intérieur de moi est devenue terrifiante. Et si c'était ainsi que ma mère était tombée enceinte de moi ? Est-ce que j'allais le garder ? Qu'allais-je dire à Aiden ? Les choses commençaient à peine à s'améliorer entre nous…

C'était si injuste.

Je me sentais mal.

J'étais censée être aux anges à l'idée d'être enceinte, mais au lieu de ça, c'était la terreur qui m'assaillait ? Ce n'était pas normal. Pourquoi ne pouvais-je pas être heureuse comme j'aurais dû normalement l'être ?

J'ai commencé à hyperventiler.

– Du calme, Sienna, a dit Jocelyn en passant une main dans mon dos. Respire lentement. Il faut que tu respires par le ventre.

– Je ne suis pas prête, Jocelyn. Pas du tout. Je vais avoir cet enfant, et je ne suis pas prête.

– Tu n'as pas à l'avoir si tu ne le souhaites pas, Sienna.

– Qu'est-ce que tu veux dire ? Je n'ai pas le choix !

– Tu as toujours le choix. C'est ton corps.

Est-ce qu'elle disait ce que je pensais qu'elle disait ? Je l'ai regardée dans les yeux pour m'en assurer.

– Comme je l'ai dit, tu n'es pas la première louve à venir me voir, qui n'ait pas l'envie de fonder une famille.

J'ai saisi la main de Jocelyn. J'étais prête à ce qu'elle me dise ce que je m'étais convaincue d'être vrai.

– Dis-moi si je suis enceinte, Jocelyn.

– OK, allonge-toi sur le canapé, a-t-elle répondu en plaçant un coussin derrière ma tête. Tu ne dois pas bouger.

J'ai observé Jocelyn soulever mon tee-shirt et placer ses mains juste sous mon nombril. Ses paumes étaient douces et fraîches contre ma peau. J'ai tressailli, n'ayant pas l'habitude d'être manipulée si cliniquement.

– Essaie de ne pas bouger, a répété Jocelyn, très concentrée.

J'ai senti la zone sous ses mains s'engourdir. Peu après, une chaleur inconfortable a irradié d'entre mes hanches. J'ai fixé le plafond, attendant qu'elle prononce les mots que j'appréhendais, mais qui, je savais, allaient venir.

Je suis restée allongée là pendant ce qui a paru une éternité, mon esprit passant en revue toutes les façons dont ma vie était sur le point de changer. Je détestais la Frénésie, je détestais ce qu'elle avait fait de moi, à quel point elle m'avait affaiblie. L'instant d'après, Jocelyn rabaissait mon haut.

Elle m'a regardée et m'a pris la main, les yeux pleins d'émotion.

ÉPISODE 13
DU TEMPS, SEULE

Sienna

Peu importe comment je m'enroulais dans les draps, j'avais l'impression qu'ils s'accrochaient à moi comme une centaine de mains étrangères. Et quand je les ôtais totalement, je me sentais nue, j'avais froid.

J'étais rentrée directement à la maison après avoir quitté Jocelyn, espérant trouver du réconfort dans mon lit. Mais tout ce que j'avais réussi à faire pendant des heures, c'était me tourner et me retourner. Je ne pouvais effacer l'angoisse de penser qu'une partie de mes origines biologiques m'avaient prédestinée à devenir une mauvaise mère.

Soudain, j'ai entendu la voiture d'Aiden dans l'allée.

Je ne l'attendais pas si tôt. Je ne voulais pas qu'il me voie réagir de cette façon et je craignais de ne pas pouvoir lui expliquer pourquoi je me sentais si mal.

Dès qu'il a passé la porte, il m'a appelée.

–Je suis là-haut, ai-je crié, en essayant de me rendre présentable avant qu'il ne me voie.

Quand il est entré dans la pièce, je l'ai regardé et ai été émerveillée tellement il était beau et majestueux. Sa chemise impeccable s'accrochait à sa poitrine et s'étirait autour de ses bras, se resserrant parfaitement à sa taille fine. Ses mèches noires sauvages me suppliaient d'y passer les doigts. Et son visage, ce visage unique au monde, qui était tout ce que je désirais voir quand je me réveillais et avant d'aller me coucher… Et moi, j'étais là, complètement débraillée, à m'accrocher aux draps comme une enfant.

–Tu es rentré tôt, ai-je dit en espérant que la discussion se porterait sur lui.

–Tu ne répondais pas à ton téléphone. Jocelyn m'a dit que tu devais être là.

–J'avais besoin d'être seule. Je suis désolée si je t'ai inquiété.

Aiden s'est approché du lit et s'est allongé à mes côtés, sa main puissante est venue se poser sur ma hanche.

–Dis-moi ce qui ne va pas, Sienna.

C'était le moment. Il allait falloir que je sois honnête avec lui.

–Je n'ai pas eu mes règles.

Son visage est devenu pâle pendant un instant avant qu'il ne commence à analyser les implications de ce que je venais de lui annoncer.

–Attends, est-ce que tu veux dire que…

–Je pensais que je l'étais. Je suis allée voir Jocelyn. Elle n'a rien vu. Elle dit que c'est la Frénésie qui modifie mon cycle.

–Tu es certaine ? Après tout, peut-être était-ce trop petit pour qu'elle puisse le voir ?

–Je suis sûre, Aiden.

La lumière irradiant de son visage s'est éteinte et il a posé les yeux sur mon oreiller. Il a remarqué les traces de larmes.

–Tout va bien. Tu n'as pas à être triste. On peut essayer encore.

–Ce n'est pas pour ça que je pleure, Aiden. Et si c'était ma faute ? Et si je n'étais pas faite pour être mère ? Tu as déjà fait tant de sacrifices pour moi, je ne veux pas que tu sacrifies ton envie d'être père également.

– Bien sûr que j'adorerais avoir des enfants avec toi un jour. Mais tu es ce qui compte le plus pour moi. En plus, je crois que tu oublies que nous sommes compagnons, Sienna. Tu es coincée avec moi pour la vie.

– Je sais. C'est pour ça que j'angoisse à ce point, Aiden. Et s'il y a quelque chose dans ma famille biologique qui fait que je ne peux pas avoir d'enfants ?

– Cela n'importerait pas, Sienna, a-t-il répondu en se redressant. Tu es ma priorité. Je pensais avoir été clair.

Il l'avait été, et je savais que j'étais idiote de penser différemment.

– Je sais que tu es nerveuse à l'idée d'avoir des enfants, mais tu ne seras pas seule, Sienna. Je suis là, ta famille est là. Pour être honnête, j'ai peur moi aussi, mais je sais que tu seras une mère fantastique et qu'ensemble, on s'en sortira.

Comment pouvait-il en être aussi sûr ? Il n'y avait aucun moyen de le savoir. Est-ce qu'il me disait simplement ce que je voulais entendre pour me calmer ?

Il a dû voir le doute persister sur mon visage, parce qu'il a tendu la main pour me caresser le bras.

– Sienna, tu ne sais pas ce qui a conduit tes parents à te laisser. Tu ne sais même pas si c'était leur décision.

Il avait raison. J'avais un peu sauté sur le pire de tous les scénarios. Et je détestais avoir l'impression de tomber, Aiden.

– Tu as raison, je suis désolée, ai-je répondu.

Aiden s'est allongé à nouveau et m'a serrée contre lui.

– Tu ne penses pas que je suis comme mes parents, n'est-ce pas ? a-t-il demandé.

– Oh, mon Dieu, non ! ai-je répliqué en éclatant presque de rire devant le ridicule de ce qu'il venait de dire.

Bien sûr, il avait le même front sévère que son père et la même attitude dominante que sa mère mais… il n'avait rien à voir avec eux.

– Alors, tu vois, a-t-il expliqué, d'un air rassurant. Qui étaient tes parents et pourquoi ils t'ont abandonnée importe peu.

Tu n'es pas eux, et tu seras une mère incroyable, peu importe quand cela arrivera.

Je me suis retournée et j'ai déposé un baiser sur sa joue.

– Intéressée par un nouvel essai ? a-t-il proposé en levant un sourcil.

Je l'ai tapé sur la joue pour rire. Il fallait toujours qu'il ruine les bons moments avec son esprit dépravé.

– On passait un bon moment ! ai-je protesté en me remettant sur le dos.

Pendant un moment, nous sommes juste restés allongés, nos bras pressés l'un contre l'autre. Je savais qu'il avait raison. Qui que soient mes parents, cela ne me définissait pas, ni le genre de mère que je serai.

Mais je sentais toujours un vide dans mon cœur.

Je voulais toujours savoir d'où je venais.

***

À cette époque de l'année, les arbres du parc avaient déjà perdu leurs feuilles. Tout ce qui restait, c'était des touffes grêles se blottissant ensemble pour garder leur chaleur. Alors que je peignais dans le parc, je me sentais, moi aussi, dépouillée. Selena m'avait toujours dit que les relations demandaient beaucoup de travail, mais je pensais qu'elle exagérait.

Jeremy et elle étaient constamment heureux et, maintenant, avec le bébé en route, ils auraient la famille dont ils avaient toujours rêvé. Cela dit, ils avaient attendu. Jeremy et elle étaient mariés depuis trois ans quand elle était tombée enceinte. Peut-être était-ce tout ce dont j'avais besoin pour calmer mes peurs : de l'espace, pour respirer.

Je me suis perdue dans les coups de pinceau de mon aquarelle. Regarder les pigments se mélanger et sécher me calmait. Je pouvais choisir les couleurs que je désirais et leurs frontières, mais il y avait toujours un degré d'imprévu dans la façon dont elles allaient se mélanger.

Je ne serais jamais totalement en contrôle.

Mais la peinture était tout de même ravissante.

Peut-être que je pourrais m'inspirer des aquarelles. Je pourrais décider des événements majeurs, mais il faudrait que j'accepte qu'il y ait toujours une part de ma vie que je ne pourrais pas contrôler, un mélange de possibilités.

La peinture que j'avais devant moi me prouvait que cela n'engendrerait pas forcément une catastrophe, que le résultat pouvait être merveilleux.

– Waouh, votre travail est exquis, s'est exclamée une voix, derrière moi.

Je me suis retournée, m'attendant à trouver un des nombreux retraités qui visitaient le parc pendant la semaine mais, à la place, se tenait un bel homme bien habillé. Ses cheveux blancs immaculés étaient coiffés en arrière et ses yeux gris perçants m'ont presque mise en transe.

Il ne pouvait pas être beaucoup plus vieux qu'Aiden et il y avait une qualité chez lui qui me donnait l'impression qu'il avait déjà vécu toute une vie.

– Pardonnez mon intrusion, dit-il en arborant un sourire désarmant. Je passais par là et quelque chose dans votre tableau m'a intrigué. Vous êtes peintre professionnelle ?

Ce n'était pas le premier étranger à me complimenter, mais ses remarques semblaient délibérément flatteuses.

– Je le suis, ai-je répondu. Je veux dire, je vends des tableaux de temps en temps.

– Vraiment ? Où pourrais-je voir le reste de vos œuvres ?

– J'ai une galerie que vous pouvez visiter.

– J'aimerais beaucoup, a-t-il répondu, chaleureusement. Celle-ci sera-t-elle à vendre ?

– Celle-ci ? ai-je dit, en rougissant. Ce n'est rien, ce n'est même pas très bon.

– Je trouve qu'elle est incroyable, a-t-il remarqué. Mon nom est Konstantin.

– Sienna, ai-je répondu.

– Sienna, quel joli nom ! a-t-il dit en me tendant sa main gantée.

J'ai tendu la mienne.

– Je viens d'emménager en ville et mon appartement a beaucoup de murs vides. J'adorerais visiter votre galerie. Voici ma carte, dit-il en mettant la main dans la poche de son manteau pour en sortir une carte d'un blanc parfait avec des lettres embossées. Vous trouverez mon numéro en bas.

– Bien sûr, ai-je répondu, ne sachant que faire de l'intérêt qu'il portait à mon travail.

– Très bien. J'ai hâte de découvrir le reste de votre œuvre, si cette pièce n'en est qu'une infime partie.

Il m'a adressé un sourire et s'est éloigné sur le chemin.

Il y avait chez lui un air étranger que je n'arrivais pas à situer, et cela me donnait envie d'en savoir plus. Il se comportait de manière tellement raffinée, mais il y avait aussi un soupçon de mystère.

J'ai regardé la carte qu'il m'avait confiée et j'ai été surprise par ce qui y était imprimé :

Konstantin, docteur en psychologie, thérapeute.

Spécialiste des liens de l'esprit et de la cartographie mémorielle.

Vraiment impressionnant.

J'ai laissé mon doigt glisser sur le bord de la carte en me demandant ce que je devais faire. C'était excitant d'avoir un potentiel client intéressé par mon travail.

Mais il y avait quelque chose de bizarre chez lui et je n'arrivais pas à cerner quoi…

Quelque chose me dit que je reverrai ce Konstantin très bientôt…

ÉPISODE 14

Art Frénétique

Sienna : Bonjour, Konstantin, c'est Sienna.
Sienna : L'artiste du parc.
Konstantin : Bien sûr ! Comment allez-vous ?
Sienna : Très bien, merci.
Sienna : Vous êtes toujours intéressé par une visite de la galerie ?
Konstantin : Tout à fait ! Quelle heure vous conviendrait ?
Sienna : Aujourd'hui à 16h ?
Sienna : 1071 5th Avenue.
Konstantin : Parfait. À tout à l'heure, Sienna.

Sienna

J'étais excitée de rencontrer un nouveau client, surtout quelqu'un qui avait du goût. C'était une bonne façon de me distraire de toutes ces pensées concernant mes parents biologiques. Malgré tout, j'avais beaucoup de tâches administratives à rattraper, comme la liste des associations caritatives que Josh réclamait à cor et à cri.

C'était un type tout à fait agréable en dehors du boulot, mais dès qu'il s'agissait des affaires de la meute, il prenait son job un peu trop au sérieux.

Je venais tout juste de terminer de parcourir les propositions de financement et m'apprêtais à travailler sur la fameuse liste quand j'ai senti un drôle de picotement dans la cuisse. C'était comme un spasme musculaire, mais je ne me rappelais pas m'être pris un coup à cet endroit et je n'avais pas fait de sport de la semaine.

J'ai posé ma main sur la zone qui me tiraillait et j'ai commencé à la masser.

Oh merde, je sais ce que c'est.

Le contact de ma main contre ma cuisse a déclenché une explosion de plaisir qui a déferlé à l'intérieur de mon sexe, le long de ma colonne vertébrale et dans ma poitrine, faisant durcir mes tétons. J'étais à bout de souffle.

Putain, où est Aiden ? Bon, tant pis, je n'ai pas le temps…

Je suis sortie en vitesse de mon bureau et me suis dirigée vers les escaliers, m'accrochant à la rambarde pour me rendre aux toilettes au sous-sol. Il n'y avait pas de bureaux à ce niveau, et à cette heure de la journée, tout le monde était sorti déjeuner.

J'avais besoin de me retrouver très vite dans un endroit offrant un peu d'intimité et c'était le seul auquel je pouvais penser. J'avais bien pensé m'en occuper dans mon propre bureau, mais mes phéromones étaient partout et il n'aurait fallu que deux secondes pour que toute la meute se rende compte de ce qui se passait derrière ma porte.

Chaque pas me semblait plus lourd que le précédent jusqu'à ce que je sois sur le point de m'effondrer sur le sol.

C'est pas possible, est-ce que cet escalier a été rallongé ?

J'ai trébuché dans le couloir et j'ai regardé des deux côtés du silencieux corridor en marbre. Rien à signaler.

Ma peau était en feu, et toutes mes parties les plus sensibles pulsaient d'une énergie sensuelle. J'ai trouvé le premier cabinet de toilette et je me suis précipitée à l'intérieur.

– Il y a quelqu'un ?

Parfait, personne. Et a priori, vu l'odeur et l'aspect des choses, l'endroit venait d'être nettoyé. J'ai fermé la porte derrière moi, puis je me suis battue pour relever ma robe et écarter ma culotte.

Putain, Putain, Putain.

Écartant les jambes, j'ai plongé mes doigts profondément entre mes lèvres mouillées et j'ai aussitôt gémi de soulagement. J'ai commencé des mouvements de va-et-vient avec mes doigts et j'ai caressé mon clitoris. Je m'appuyais sur les toilettes tout en me massant les seins, me figurant Aiden allongé sur moi, me pénétrant, ses lèvres dansant sur mon cou. En fermant les yeux, j'aurais pu jurer que je commençais à percevoir son odeur, son parfum flottant autour de mon moi, m'excitant encore plus. J'ai accéléré les mouvements de ma main, me frottant sans vergogne.

Oui ! Putain, oui !

– Je peux te sentir, femme.

Ma main s'est arrêtée. J'ai retenu mon souffle. Est-ce que c'était vraiment en train d'arriver ?

J'ai entendu ses pas lourds s'approcher de la porte.

– Tu vas me laisser entrer ?

– Tu as essayé de souffler fort dessus pour qu'elle s'ouvre, Monsieur le loup ?

– Très bien.

En un instant, la porte était arrachée de ses gonds et Aiden se tenait devant moi, imposant, les veines en relief sur ses bras.

– Tu es en retard, ai-je dit d'une voix sexy. J'espère que tu n'es pas fâché que j'aie commencé sans toi.

Un sourire coquin s'est dessiné sur le visage d'Aiden.

– Je suis certain que je vais quand même trouver de quoi m'amuser.

Il a plongé vers moi, mais j'ai été plus rapide et l'ai plaqué contre le mur de la cabine.

Je voulais que ce soit bestial.

J'ai baissé la main et j'ai saisi son renflement.

– Je vois que tu es arrivé, déjà prêt à jouer.

– Est-ce un problème ?

– Pas du tout.

J'ai tiré sur ses cheveux et j'ai pressé ma bouche contre la sienne, attrapant sa lèvre inférieure entre mes dents et la mordant. J'ai senti sa prise sur moi se raffermir quand il a ressenti de la douleur. Il a répondu en mordillant mon cou. J'ai laissé échapper un gémissement et j'ai renversé sa tête en arrière.

Maintenant, c'était lui qui me plaquait contre le mur. Toute la structure a tremblé sous l'impact de mon corps, mais cela ne me dérangeait pas.

Le plaisir et la douleur étaient semblables pour moi.

– Enlève ta chemise, ai-je ordonné, et tandis qu'Aiden la faisait passer par-dessus sa tête, je suis tombée à genoux et j'ai ôté sa ceinture.

Je pouvais déjà voir son érection se débattre contre le tissu de son pantalon, n'attendant qu'un geste de ma part pour la libérer.

Il m'a tiré la tête en arrière par les cheveux pendant que je lui retirais son pantalon et son caleçon. J'ai attrapé sa queue et l'ai posée sur mes lèvres. La respiration d'Aiden s'est faite erratique et je l'ai senti durcir encore un peu plus dans ma main. Je l'ai taquiné avec ma langue, la laissant courir le long de son membre, remarquant avec délice combien son visage se tendait sous cette torture. Puis je l'ai pris tout entier dans ma bouche, faisant glisser mes lèvres de haut en bas tout en le branlant avec ma main.

– Oh, Sienna, putain. Oui, juste comme ça.

J'adorais qu'il me complimente, mais je n'allais certainement pas le laisser jouir. J'avais encore besoin de lui pour d'autres activités.

Je me suis remise debout et j'ai léché son visage. Il a grogné et m'a repoussée dans la cabine. Il a glissé sa main entre mes cuisses. J'ai posé un pied sur les toilettes alors qu'il enfonçait profondément ses doigts à l'intérieur de moi. J'ai laissé échapper un halètement alors que mes hanches commençaient à accompagner ses mouvements.

– Plus fort, ai-je murmuré à son oreille.

J'étais si mouillée que je pouvais à peine sentir ses doigts aller et venir en moi.

Aiden a accéléré le rythme, pressant fermement ses doigts contre les parois de mon sexe, tout son bras prolongeait son mouvement.

Chaque fois que sa paume entrait en contact avec mon clitoris, je laissais échapper un cri de plaisir.

J'ai attrapé sa gorge.

Il n'a pas tressailli.

J'ai serré plus fort.

– C'est tout ce que t'as ? a-t-il grogné.

Embrasée par le défi dans la voix d'Aiden, j'ai repoussé ses doigts et l'ai précipité sur l'abattant des toilettes. J'ai jeté ma jambe sur sa cuisse pour le chevaucher et j'ai saisi la rambarde. J'ai commencé à bouger mes hanches, me frottant contre son membre.

Toute la cabine s'est mise à trembler, j'étais certaine que les toilettes allaient être arrachées du mur. Le sentir ainsi à l'intérieur de moi était fantastique, comme s'il n'était jamais allé aussi loin avant. Mes muscles se sont contractés, je me suis sentie sur le point de jouir.

Les doigts d'Aiden se sont enfoncés autour de moi, j'ai su que son orgasme était proche, lui aussi. La pression a continué à monter en moi, embrasant tout mon être. Mon cœur battait à tout rompre et ma peau commençait à picoter. Je l'ai chevauché encore plus fort, pressant tout mon poids contre lui dans une fureur irréfléchie.

– Aiden, ne t'arrête pas. Ne t'arrête pas !

L'orgasme m'a déchirée comme la foudre. Mes bras se sont transformés en gelée et je me suis effondrée sur mon compagnon. Aiden s'est retiré avec un grognement et a déversé sa semence chaude sur ma cuisse. Il a pressé ses douces lèvres contre les miennes et j'ai continué à l'embrasser, ne voulant pas que ça s'arrête.

Nous sommes restés assis comme ça, à bout de souffle, de la sueur dégoulinant sur nos corps épuisés.

Aiden a replacé une de mes mèches de cheveux derrière mon oreille et a souri.

– On devrait se remettre au boulot.

– Bien sûr, ai-je répondu en me relevant. Je ne voudrais pas priver la meute de son Alpha. Je te vois ce soir.

J'ai planté un dernier baiser sur sa joue et j'ai baissé ma robe, puis j'ai jeté un regard vers le miroir et me suis mise à rire.

Il allait *définitivement* falloir que je repasse à la maison faire un brin de toilette avant mon rendez-vous avec Konstantin à la galerie.

***

J'étais toujours en train d'arranger des tableaux sur le mur quand il est arrivé, vêtu d'un manteau bleu marine et coiffé d'un fédora couleur charbon. On l'aurait cru sorti d'un catalogue de prêt-à-porter masculin de luxe.

– Je ne suis pas trop en avance, si ?

– Non, pas du tout. C'est moi qui suis en retard. Entrez, je vous en prie.

Son eau de Cologne sentait les roses et les épices, et était presque enivrante.

J'ignorais ce qu'il y avait à propos de cet homme, mais il n'était pas comme la plupart des loups-garous que je connaissais. En fait, j'ignorais s'il en était un.

– C'est un charmant petit espace que vous avez là.

– Merci, c'est un cadeau de mon compagnon.

– Ah oui, j'en ai entendu parler. L'estimé Alpha.

Au moins, il est au courant de l'actualité des loups-garous…

– Comment avez-vous…

– Vous avez fait la une des journaux. À moins qu'il ne s'agisse de votre jumelle.

Bien sûr, où avais-je la tête ?

Je m'étais tellement éloignée de tout ce fracas que j'en avais oublié que les blogs et la presse commentaient toujours la conférence de presse d'Aiden. Qu'on me reconnaisse me surprenait toujours.

– Ce doit être difficile, a-t-il dit, l'air plein de compassion. D'avoir votre famille scrutée dans ses moindres gestes, être appelée une « pièce rapportée », gérer une meute alors que vous êtes si jeune, c'est beaucoup pour une seule personne.

Je me suis souvenue soudain de la carte de visite de Konstantin qui disait qu'il était psy et je commençais à me sentir… *analysée.*

J'ai voulu changer de sujet, même s'il n'avait pas tout à fait tort.

– J'essaie d'ignorer la presse à scandale, ai-je dit en évitant de croiser son regard.

Il a dû sentir que la discussion me mettait mal à l'aise, il n'a pas insisté.

– Vous gérez cet endroit seule ? s'est-il enquis.

– Pour l'instant, ai-je répondu. Si je parviens à m'investir un peu plus, peut-être que je penserai à embaucher. Pour l'instant c'est en quelque sorte mon sanctuaire personnel.

– Charmant, a-t-il répondu en commençant à parcourir l'espace.

– Alors, quel genre d'œuvre recherchez-vous ?

– Comme je l'ai mentionné au parc, j'ai un penthouse que je dois décorer et je cherche des pièces vraiment marquantes, a-t-il expliqué en enlevant son manteau et son chapeau pour révéler un costume noir sur-mesure.

Il s'est approché de moi et a commencé à inspecter les toiles que je venais d'accrocher au mur.

– Vous aimeriez plutôt une nature morte ou un paysage ? ai-je demandé.

– J'espérais trouver quelque chose de plus abstrait. Plus avant-gardiste. Comme ceci, a-t-il développé en faisant un geste vers un tableau dans un recoin de la galerie.

J'ai été surprise par son choix.

Cette peinture était ancienne : elle représentait une femme à la silhouette éthérée, aux cheveux noir corbeau et aux mystérieux yeux violets.

Ève.

Je ne l'avais plus revue depuis ce jour, il y avait plus d'un an, quand elle s'était arrêtée ici. Je ne me souvenais même pas de ce dont nous avions parlé.

– Pourquoi celui-ci en particulier ? ai-je demandé.

Il s'est caressé le menton en approchant du tableau et s'est placé devant.

– Elle me parle, a-t-il répondu de manière énigmatique. Je suppose que je me reconnais en elle.

Ève était sans doute la personne la plus mystérieuse qu'il m'ait été donné de rencontrer, ce qui a attisé ma curiosité.

– Comment cela ?

Konstantin s'est tourné vers moi et a souri. Quand j'ai découvert ses dents, j'ai sursauté.

Des crocs.

– On peut dire qu'il y a une sorte de… lien du *sang* entre nous.

– Vous… vous êtes… un… ai-je balbutié.

Les yeux gris de Konstantin se sont illuminés d'amusement.

– Je suis un vampire.

ÉPISODE 15
LES ESCALIERS VERS L'EXTASE

Sienna

J'étais bouche bée, tandis que Konstantin tentait de réprimer un petit rire.

Soudain toutes les pièces du puzzle se sont mises en place. Son air d'un autre temps… Son sens du style…

Son niveau d'intuition proche de la divination…

Konstantin était un *VAMPIRE.*

– Je vous ai laissée sans voix, a-t-il dit, incapable de retenir son rire plus longtemps.

J'ai rougi, me sentant idiote.

– Désolée, c'est juste que… je n'avais jamais rencontré quelqu'un comme vous, ai-je expliqué.

Konstantin a reporté son regard sur le portrait d'Ève.

– En êtes-vous certaine ?

– Attendez, vous voulez dire… qu'elle est aussi un vampire ?

Cela expliquait tellement de choses…

Konstantin a hoché la tête.

– Oui, mais une vampire avec un « i » et non un « y » comme moi.

– Quelle est la différence ? ai-je demandé, réalisant que j'ignorais quasiment tout en dehors de ma bulle de louve.

– Les vam*pires* sont nés avec le gène, tandis que les vam*pyres* ont été transformés, a-t-il développé.

– Alors quelqu'un vous a transformé ? ai-je dit en pensant à de longs crocs plongeant dans mon cou.

J'imaginais que c'était une expérience *très* différente que d'être marqué par son compagnon.

Konstantin a souri avec un air nostalgique.

– Il y a fort longtemps.

Je mourais d'envie de savoir quel âge il avait, mais je ne pouvais pas me résoudre à le lui demander. Je ne savais pas ce qui était poli ou non en présence d'un vampyre, et peut-être était-ce une question déplacée.

Pourtant, j'avais beaucoup d'autres questions.

– Qu'est-ce qui vous amène ici ?

Les yeux gris de Konstantin sont devenus presque argentés pendant un instant, tant ils brillaient. Il a eu l'air de réfléchir à ma question, mais il a enfin trouvé une réponse.

– J'ouvre mon cabinet dans cette ville, a-t-il dit. J'ai parcouru le monde, en quête de savoir, et maintenant, je veux juste aider les autres à trouver ce qu'ils cherchent.

Oh, évidemment… je n'arrête pas d'oublier qu'il est médecin.

– J'utilise mes pouvoirs pour faire le bien, a assuré Konstantin. Je peux débloquer des choses dans l'esprit des gens, des choses dont ils ignorent même l'existence. Je peux vous programmer un rendez-vous pour une séance, si vous le souhaitez.

Mon cœur a commencé à accélérer.

Il y avait tant de choses à propos de mon passé que j'ignorais toujours.

Tant de questions se bousculaient dans ma tête. D'où, et de qui je venais.

Est-ce que Konstantin était la réponse à mes tourments ?

***

Les yeux fixés sur le plafond, j'étais allongée sur mon lit. Je n'arrêtais pas de penser à la conversation que j'avais eue la veille avec Konstantin.

Il m'avait offert de m'aider à résoudre mes problèmes en tant que thérapeute, mais je n'étais pas certaine de ma décision. La thérapie n'avait jamais été une chose à laquelle j'avais beaucoup réfléchi. Mais Konstantin n'était pas un thérapeute ordinaire… Peut-être pourrait-il vraiment me venir en aide pour trouver les réponses que je cherchais ?

J'ai soupiré, repoussant les couvertures et me levant du lit. Je devais me préparer pour une réunion du conseil de la meute.

J'ai enfilé ma robe de la veille qui traînait toujours sur le sol. Aiden est entré dans la pièce au moment où je finissais de la zipper. Il s'est approché de moi par-derrière et a aussitôt baissé la fermeture Éclair.

–Aiden, ai-je dit, le ton plein de reproches. C'est un miracle que j'arrive à me préparer avec toi pour compagnon.

Il a tiré sur le haut de ma robe et j'ai passé mes bras à travers les manches.

–Ne va-t-on pas être en retard pour la réunion ?

–Ils peuvent attendre, a-t-il affirmé en prenant en coupe mes seins ainsi exposés.

Je ne portais pas de soutien-gorge et la sensation de ses mains chaudes contre ma peau a aussitôt ranimé ma Frénésie.

Ses doigts ont commencé à jouer avec mes tétons, à les entourer, à les caresser. J'ai senti ma peau se tendre et la chaleur irrémédiable de la Frénésie m'a m'envahie. Aiden a collé sa bouche à la mienne et laissé nos langues danser l'une avec l'autre. Il a commencé à avancer vers le lit.

Nous n'avions absolument pas le temps pour cela, mais mon corps se fichait de ce que mon esprit souhaitait.

–On va être en retard, ai-je répété.

–Je serai rapide, a-t-il rétorqué en agrippant mes fesses.

Ma robe est à nouveau tombée en désordre sur le sol, annulant ainsi tous mes efforts pour m'habiller.

En un mouvement rapide, il m'a poussée sur le lit et m'a écrasée sous son poids. J'ai senti ses hanches se presser contre mon sexe. Il a posé sa bouche contre mes seins, suçant doucement mes tétons. J'en ai gémi d'extase.

Oh, mon Dieu. Pourquoi est-ce que la Frénésie me fait toujours perdre la tête ?

J'ai entouré Aiden de mes jambes et il s'est mis à déposer des baisers de plus en plus bas sur mon abdomen jusqu'à atteindre mon sexe. Il m'a léchée, je me sentais devenir plus humide de seconde en seconde. Puis ses doigts ont commencé à jouer avec mon clitoris et mon corps s'est envolé dans les nuages.

– Aiden… on… doit… y… aller.

Je pouvais à peine articuler entre chacun de mes gémissements de plaisir.

Il a finalement dégagé son visage et m'a regardée.

– Bébé, quand la Frénésie frappe à ta porte, tu ne dois pas l'ignorer.

– Eh bien, la Frénésie va devoir attendre, pour une fois, parce que j'ai vraiment envie de m'occuper sérieusement de mes obligations, ai-je contré. La meute commence seulement à me faire confiance, et je ne veux pas perdre ça.

Aiden a soupiré, s'est redressé et a serré ma cuisse avec tendresse.

– Très bien, mais ne viens pas me dire que je ne t'avais pas prévenue.

Aiden

Je détestais ces réunions inutiles. J'aurais préféré être en train de satisfaire ma compagne.

Josh, cependant, avait insisté pour que nous organisions ces réunions hebdomadaires, où chaque membre du conseil faisait part aux autres de ses avancées ou de points qu'il désirait soulever. Il ne s'y passait jamais grand-chose, en tout cas rien d'important à mes yeux, ce qui expliquait pourquoi je ne voyais pas de problème à arriver quelques minutes en retard. Je tolérais ces réunions parce que je voyais bien que Josh en avait besoin pour faire ses preuves. Cela lui donnait l'illusion d'avoir un peu de contrôle sur les événements.

Je n'avais aucune rancune contre lui. Ses motivations étaient claires. Pendant la majeure partie de notre vie, il avait été celui vers qui je me tournais quand j'avais besoin d'un second avis, ou simplement pour me confier. Mais cela avait changé l'année dernière quand il m'avait trahi. Maintenant, c'était à Sienna que je m'adressais pour ces choses et je devinais qu'il se sentait sur le banc de touche.

– Sienna, as-tu terminé de rédiger la liste des œuvres de charité ? l'a questionnée Josh, en levant le nez de ses tableaux.

Pour notre bien à tous, Sienna, s'il te plaît, dis oui.

– J'étais sur le point de te l'envoyer, mais j'ai été distraite. C'est pratiquement fini, cela dit. Tu l'auras à la première heure demain.

– Et qu'est-ce qui a bien pu te distraire ? s'est enquis Josh.

Sienna s'est mise à rougir et m'a jeté un regard innocent.

– Je ne me souviens pas exactement.

– Très bien, mais pourrais-tu me l'envoyer aujourd'hui avant de partir ?

– Bien sûr.

– Si tu as besoin d'aide pour quoi que ce soit, tu sais que tu peux m'appeler et je m'en chargerai.

– Absolument, Josh. Merci.

Je devais lui reconnaître cela, Sienna avait assimilé la langue de bois passive-agressive inhérente aux affaires gérées par la Maison de la Meute plus vite que prévu. C'était bizarrement très excitant.

– C'est tout, Josh ? ai-je demandé, essayant d'accélérer les choses pour pouvoir ramener Sienna à la maison et qu'on reprenne là où on avait dû s'arrêter.

– Oui, je n'ai plus rien sur ma liste, à moins que quelqu'un veuille prendre la parole, a-t-il répondu en regardant autour de lui. Super, dans ce cas, la réunion est terminée.

Josh

Je me trouvais plutôt raisonnable, mais Sienna me faisait enrager. J'ignorais comment me montrer plus gentil que cela. Je lui avais proposé une solution. Pourquoi ne l'avait-elle pas acceptée? C'est comme si elle se fichait complètement de ses obligations. Des obligations qui m'incombaient, auparavant.

J'avais besoin de Michelle.

Elle savait toujours comment m'apaiser quand je me mettais dans des états pareils.

Josh : Elle ne s'est toujours pas occupée de cette fichue liste

Michelle : Chéri, relax lol

Josh : Déso, j'avais besoin de me défouler.

Josh : C'est comme si Aiden n'en avait rien à foutre.

Josh : Je m'explose de travail et elle n'est pas capable de pondre une liste.

Michelle : Elle a eu pas mal de choses à faire ces derniers mois.

Josh : Je sais, mais c'est la LUNA.

Josh : Et apparemment Aiden veut aussi qu'elle soit sa nouvelle Bêta.

Josh : Je préférerais qu'il le dise carrément.

Michelle : Tu n'es pas le seul à avoir dû t'adapter.

Michelle : Sienna a toujours été discrète, mais maintenant elle est sous les spotlights.

Michelle : Je vis pratiquement dans son ombre.

Josh : C'est pas vrai.

Josh : Tu seras toujours mon soleil.

Michelle : Oh arrête, c'est ringard.

Josh : Tu adores ça

Michelle : Dépêche-toi de rentrer, j'ai une surprise pour toi

Josh :

Sienna

Je ne pouvais pas croire que je faisais ça. Josh n'y jetterait même pas un coup d'œil avant demain matin. En fait, je n'en étais pas certaine, vu la façon dont il me mettait la pression. Soit il tenait vraiment beaucoup aux dons pour les œuvres de charité, soit il essayait de me ficher la honte devant tout le monde.

Tout ça parce qu'il avait merdé et qu'il essayait maintenant de se rattraper.

Avant qu'Aiden et moi soyons unis, Josh et moi étions déjà en des termes plutôt froids. J'avais toujours pensé que c'était un connard, et lui que j'étais une écervelée. Mais une fois que nous avions passé plus de temps ensemble, nous avions appris à nous tolérer. De toute façon, on n'avait pas le choix.

Non seulement Josh était le meilleur ami d'Aiden mais il était aussi le compagnon de *ma* meilleure amie, Michelle. En d'autres termes, nos relations personnelles dépendaient de notre bonne entente. Et Josh ne semblait pas comprendre que j'étais assaillie par beaucoup de doutes et d'insécurités. Personne ne comprenait vraiment, en fait, moi y compris.

J'essayais d'être une bonne Luna, mais il fallait que j'accepte l'aide qu'on me proposait. C'est pourquoi j'ai finalement décidé d'affronter mes problèmes plutôt que de les planquer sous le tapis.

Sienna : Hé, Konstantin.
Sienna : Est-ce que votre offre pour une consultation est toujours valable ?
Konstantin : Bien sûr !
Konstantin : Quand êtes-vous disponible ?
Sienna : Est-ce que maintenant serait possible pour vous ?

***

J'ai appuyé sur le bouton « P » dans l'ascenseur pour « Penthouse ».

Si le reste de l'hôtel était une indication, l'appartement de Konstantin devait être encore plus somptueux que ce que je pouvais imaginer. Quand l'ascenseur a commencé à monter, j'ai ressenti des picotements dans ma cuisse.

Étais-je nerveuse au sujet de la thérapie ?

Tu gères, Sienna. Il n'y a pas à t'inquiéter.

Sauf que la lente et humide chaleur qui commençait à m'envahir n'était pas rien. Mon estomac s'est retourné et j'ai dû lutter pour respirer. Le visage d'Aiden est passé devant mes yeux et je l'ai senti. J'ai senti ses mains caresser mon cou, mes seins, mon ventre… mon sexe.

Qu'est-ce qui se passe, bordel ?

L'ascenseur continuait de monter, s'approchant de plus en plus de l'appartement de Konstantin.

À ma grande horreur, mon corps épousait le toucher fantôme d'Aiden.

J'ai commencé à transpirer et à m'ouvrir à ses caresses. Son parfum a rempli mes narines et son visage s'est insinué dans mon imagination. Je ne pouvais pas y échapper. Je ne le voulais pas. Je bouillais dans mes vêtements. J'avais besoin de les ôter avant de suffoquer tout à fait.

J'ai déboutonné mon chemisier et je me suis écroulée sur le sol, cherchant de l'air à tout prix. Le bout des doigts d'Aiden dansait à l'intérieur de ma cuisse et traçait les contours de mes lèvres. Le désir me rendait folle et je ne parvenais pas à mettre un terme à ce qui m'arrivait.

Aiden avait eu raison, plus tôt…

Quand la Frénésie frappait à la porte, mieux valait ne pas l'ignorer.

Et ma Frénésie était plus forte que jamais auparavant.

J'ai essayé de serrer les jambes le plus fort possible, luttant contre la sensation du contact d'Aiden mais ma culotte était toute mouillée. Le feu menaçait de me consumer et j'avais besoin d'être soulagée avant mon incinération complète.

Pas ici ! Pas maintenant, bon sang !

Ding !

Oh, mon Dieu…

L'ascenseur était arrivé au dernier étage et les portes se sont ouvertes.

Konstantin se tenait devant moi.

ÉPISODE 16

QUESTIONS

Sienna

J'étais assise sur le sol de l'ascenseur, les jambes écartées, mon chemisier déboutonné, la sueur coulait le long de mon torse jusque dans mon décolleté.

Et, debout devant moi, se trouvait mon nouveau thérapeute, l'air complètement déboussolé.

Si ce n'est pas un appel à l'aide, j'ignore ce que c'est.

– Sienna… Allez-vous… euh… bien ? a-t-il demandé.

Je me suis levée, essayant d'ignorer les vagues de désir implacable qui me traversaient toujours.

– Je vais bien, ai-je dit rapidement. Pourrais-je utiliser vos toilettes ?

Garde ton sang-froid !

– Oui, c'est juste là, au bout du couloir sur la gauche, a-t-il répondu, l'air toujours inquiet.

Je suis passée devant lui à toute vitesse, mais chaque pas était une torture Frénétique.

Concentre-toi sur quelque chose d'autre!

L'entrée du penthouse était ornée de statues grecques en marbre qui semblaient venir directement du Parthénon. En fait, tout son appartement était rempli d'œuvres rares provenant de différentes époques. Comment avait-il réussi à mettre la main sur tout cela?

J'imagine qu'être un vampyre a ses avantages.

J'ai tourné à gauche au bout du couloir, une fois la salle de bains en vue. Quand je suis entrée, j'ai fermé la porte et l'ai verrouillée. La Frénésie s'était répandue à chaque centimètre de mon corps, me poussant à l'abandon.

J'avais besoin d'Aiden. J'avais besoin qu'il soit *à l'intérieur* de moi. C'était trop. Je me suis laissée glisser sur le sol et j'ai pris de profondes respirations. Tout ce que je désirais, c'était plonger mes doigts dans mon sexe et faire disparaître cette sensation, mais j'ai résisté.

1, 2, 3… respire.

1, 2, 3… respire.

1, 2, 3…

La Frénésie a commencé à se dissiper et, avec elle, mon anxiété. Mon corps semblait revenir d'une guerre, une guerre qu'il avait pratiquement perdue.

C'est la DERNIÈRE fois que je repousse le sexe pendant la saison.

J'étais venue ici pour suivre une thérapie, pas pour créer *plus* de raisons de consulter.

Konstantin doit penser que je suis folle.

Je me suis levée et j'ai lissé mes vêtements en m'approchant du miroir. J'étais dans un sale état. J'ai rapidement reboutonné ma chemise et attaché mes cheveux en queue-de-cheval.

Ça devra faire l'affaire.

J'ai déverrouillé la porte et suis retournée dans le couloir. J'ai vu Konstantin assis dans ce qui ressemblait à un bureau. Cette pièce était aussi impressionnante que son entrée. Des œuvres et des artéfacts couvraient les murs. Les meubles semblaient provenir du palais de Buckingham. Les étagères étaient remplies de centaines de livres épais.

– Les avez-vous vraiment tous lus ? ai-je demandé en entrant dans le bureau, laissant mes doigts caresser les dos des livres.

– Je suis plus âgé que j'en ai l'air, a-t-il expliqué avec un petit rire. J'ai eu beaucoup de temps.

Konstantin a désigné une chaise en face de lui et je me suis assise.

– Est-ce que cela va… mieux ? a-t-il demandé avec hésitation.

– Oui, j'avais juste *vraiment* besoin de me soulager, ai-je répondu, essayant de faire comme si de rien n'était.

Konstantin a souri et a approché ses mains.

– Désolé pour le désagrément, je n'ai pas eu le temps d'installer mon bureau pour l'instant, alors je conduis mes sessions depuis mon appartement.

– Pas besoin de vous excuser. Cet endroit est somptueux, ai-je affirmé.

Il y a eu un moment de silence pendant que Konstantin m'étudiait. C'était comme s'il essayait de lire en moi, comme si j'étais un de ses ouvrages.

– Qu'est-ce qui vous amène, Sienna ?

Oh, j'imagine qu'on va aller droit au but, alors.

Je me sentais un peu mal à l'aise, ne sachant comment une séance de thérapie devait se dérouler.

– Je… je ne sais pas exactement, ai-je dit.

Konstantin a acquiescé.

– Ce n'est pas grave. Il n'y a pas de bonnes ou de mauvaises réponses. En fait, vous n'avez pas besoin d'avoir de réponses du tout. C'est pour cela que vous êtes ici ?

Je me suis sentie un peu plus à l'aise.

– Je crois que je me sens un peu perdue.

– Comment ça ?

– Eh bien, vous avez mis le doigt dessus directement quand vous êtes venu voir ma galerie l'autre jour.

Konstantin ne parlait pas, il se contentait d'écouter, alors j'ai continué.

– En devenant Luna, en étant plongée dans la lumière, sans savoir qui sont mes parents biologiques…

– Vos parents, m'a interrompu Konstantin. Dites-m'en plus sur eux.

– C'est bien ça le problème, j'en suis incapable. Je ne sais rien de mes origines.

– Vous n'avez aucun souvenir d'eux ?

– Aucun, non, ai-je répondu. J'ai essayé de creuser aussi loin que possible pour trouver ne serait-ce qu'un seul élément, un seul souvenir, mais rien.

– Cela doit être frustrant, a-t-il dit avec compassion.

– Mes parents biologiques ont toujours occupé une place dans mes pensées et je sais qu'ils ont cette place pour une raison, ai-je expliqué. Mais quand je suis devenue Luna, mon désir de les connaître n'a fait que s'intensifier.

– Vous pensez que ce désir a fait surface à cause du traitement que vous ont infligé les médias ? s'est enquis Konstantin.

J'ai hoché la tête.

– Quand ils ont commencé à poser des questions… cela a soulevé toutes les interrogations que j'avais trop peur d'affronter moi-même.

Konstantin commençait déjà à cerner la racine de ce qui me rongeait.

J'avais laissé tout cela peser sur moi pendant beaucoup trop de temps, et rien que le fait d'en parler me faisait me sentir plus légère.

Je me suis penchée en avant et j'ai regardé Konstantin droit dans les yeux.

– Vous m'avez dit que vous utilisiez vos pouvoirs pour débloquer l'esprit des gens. Pour trouver des choses en eux qu'ils ignoraient même exister.

– C'est le cas, a-t-il dit. Mais ce n'est pas aussi simple. Le processus peut être un peu… intense. Ce n'est pas pour tout le monde. Vous devez être absolument certaine que vous saurez le supporter.

Je ne voulais plus que cela m'empêche d'avancer.

J'avais besoin de la vérité.

Mais étais-je prête à l'affronter ?

Aiden

Mes pattes ont frappé le sol boueux tandis que je me faufilais dans la forêt dense. J'adorais la sensation du vent soufflant dans ma fourrure. Le fait que mes sens soient le plus aiguisés possible. Le frisson de la chasse.

J'avais toujours un accès d'adrénaline quand j'allais patrouiller avec mon Bêta, mais c'était encore plus le cas quand cela impliquait une course-poursuite et, ce soir, nous n'avions aucune idée de ce après quoi nous courions.

Josh, est-ce que tu as repéré des traces ? ai-je demandé à travers notre lien mental.

Aucune, a-t-il répondu en jaillissant d'un buisson non loin et me rejoignant pour continuer notre course. *Je ne pense pas que cette chose soit à pied, ou qu'elle en possède même.*

Je sens la présence de quelqu'un devant. Il y a plusieurs odeurs, ai-je précisé en reniflant l'air. *L'un d'entre eux est définitivement un loup-garou. Mais l'autre…*

Depuis un an, je m'étais rendu compte de l'existence d'autres créatures qui, par le passé, n'étaient connues que de l'Alpha du Millénaire. En plus de ça, Raphael m'avait révélé à quel point les vampyres pouvaient être dangereux…

J'étais prêt à tout.

Nous avons bondi en avant en direction d'une clairière.

Nous y sommes pres…

Sans le moindre avertissement, un éclair de lumière a explosé dans toute la forêt, nous aveuglant complètement. C'était comme si le soleil nous était tombé directement dessus.

J'ai perdu pied et j'ai foncé dans un arbre, me retrouvant à rouler dans la poussière. J'ai entendu Josh pousser un hurlement, il avait dû lui arriver la même mésaventure.

Qu'est-ce que c'était que ce bordel ? Josh, continue à hurler pour que je puisse te localiser !

Le flash a disparu en un instant, mais ma vision a eu du mal à se rétablir. Alors que mes yeux faisaient finalement le point, j'ai remarqué que Josh s'était déjà transformé, son corps nu était étendu par terre. Je me suis transformé à mon tour et je l'ai aidé à se relever.

– Ça va, mon pote ?

– Quelques égratignures, c'est tout, a souri Josh. J'imagine qu'on va devoir informer quelqu'un que c'est une zone interdite.

– Garde tes sens en éveil. Nous pourrions bien être attaqués, ai-je grogné, m'apprêtant à me transformer à nouveau.

– Aiden, attends, m'a alerté Josh. Derrière toi !

Je me suis retourné pour voir ce que Josh regardait.

Une femme, allongée dans la clairière, seule, gravement blessée et s'accrochant à la vie.

Jocelyn

Je réussissais à peu près à gérer le fait de voir mes deux ex ensemble. Mais quand ils ont surgi dans mon bureau de la Maison de la Meute, complètement nus, portant avec eux une femme également en tenue d'Ève, on a atteint un nouveau niveau de malaise.

– Jocelyn, on a besoin de ton aide, a hurlé Aiden en plaçant la femme couverte de bleus et de sang sur mon bureau. Elle ne bouge plus.

– Qu'est-ce qui se passe, bordel ? ai-je explosé.

– Pas le temps de t'expliquer, a répondu Josh. Elle est gravement blessée. Elle ne va pas survivre si tu ne fais rien.

Il avait raison.

Le temps n'était pas aux explications. Je suis passée à l'action et j'ai placé mes mains au-dessus de son cœur, transférant une partie de mon énergie à la femme.

Bien, au moins le cœur bat.

Elle n'avait pu être attaquée que par un vrai monstre.

Alors que j'examinais ses blessures, j'ai remarqué que, malgré son apparence sauvage, cette femme possédait une beauté saisissante.

Quand j'ai soulevé ses paupières pour vérifier ses pupilles, j'ai sursauté.

– Oh, c'est…
– Quoi ? a questionné Aiden.
– C'est une louve Oméga.
Une errante. Une louve sans meute.

ÉPISODE 17
LAISSE-MOI ENTRER

Jocelyn

J'ai fini de disperser les feuilles de sauge tout autour de l'Oméga et j'ai placé un cristal de quartz à la base de ses pieds.

Ma mère m'avait appris ce rituel quand je n'étais encore qu'une enfant. Elle avait dit que si je me trouvais un jour perdue ou toute seule, cela me ramènerait en lieu sûr. J'ignorais si le rituel s'appliquait à cette situation, mais j'avais essayé tout ce à quoi j'avais pensé au cours des dernières vingt-quatre heures, et rien n'avait fonctionné. Cette Oméga était très isolée, et j'essayais de la ramener à elle, alors peut-être que cette tentative serait la bonne. Ou peut-être que je ne faisais que me ridiculiser.

Les loups-garous guérissent rapidement, mais celle-ci s'était littéralement fait tabasser. Je ne voyais pas ce qui avait pu lui infliger ça, mais Aiden et Josh attendaient des réponses, et pour l'instant, tout ce que j'avais, c'était des questions.

–Qui es-tu ? ai-je pensé à voix haute. Je ne peux pas continuer à t'appeler *l'Oméga* quand même. Je suis sûre que tu as un nom magnifique.

Cette femme mystérieuse m'envoûtait. Je me demandais bien quel pouvait être le son de sa voix.

Comment elle devait courir sous sa forme de louve.

Quelle était sa nourriture favorite.

Sa fleur préférée.

Oh, mon Dieu, qu'est-ce qui cloche chez moi ? Peut-être que j'aurais besoin d'un tour chez le guérisseur, moi aussi.

J'ai commencé à ranger mes affaires. Il était tard, ou plutôt il était *tôt.* Et je commençais à délirer.

–Si je continue à parler aux patients inconscients, je vais peut-être me retrouver révoquée, ai-je déclaré à personne en particulier.

–Eh bien, ce serait vraiment dommage, qui va me tenir compagnie, après ?

J'ai lâché mon sac, mes herbes médicinales et mes pommades se sont répandues partout sur le sol.

–Oh, mon Dieu, vous… tu es… ai-je balbutié.

–Nina, a-t-elle dit, luttant pour se maintenir sur un coude. Ou est-ce que tu préfères toujours *l'Oméga ?*

Nina, quel nom charmant.

Le drap fin qui la couvrait avait commencé à glisser de son torse nu et cela me m'a fait rougir. Sa peau était sombre et brillante, comme le ciel nocturne, et ses tétons étaient comme des étoiles étincelantes. J'aurais voulu me perdre dans ses galaxies.

–Hello, j'appelle la docteure distraite. Mes yeux sont là, a-t-elle dit d'une voix instable.

–Je ne faisais que… qu'examiner tes blessures, ai-je marmonné rapidement, tentant de me ressaisir. Tu sais, tu ne devrais pas essayer de t'asseoir. Tu as encore du chemin à faire pour guérir.

–Oh, ça ? C'est juste de la mécanique, a-t-elle dit en pointant une énorme plaie sur sa cuisse. Rien de très…

Nina a grimacé de douleur quand elle a essayé de sortir du lit, ses jambes se sont dérobées sous elle, la projetant directement dans mes bras.

J'étais certaine que tout mon sang avait migré dans mon visage alors que je tenais Nina dans mes bras. Impossible qu'elle n'ait pas remarqué mon visage couleur fraise en train de la dévisager.

– C'est bien aimable à vous, Doc, a dit Nina entre ses dents serrées, tout en transférant son poids pour me permettre de la recoucher.

– Est-ce que tu fais toujours des blagues, même quand tu es sur le point de te vider de ton sang ? ai-je demandé, la voix pleine de reproches.

– Ça m'aide à oublier la douleur, a-t-elle répliqué. Est-ce que tu as *d'autres manières* de me distraire ?

J'ai croisé les bras.

– Si tu suggères l'usage de drogues, alors je ne peux pas…

– J'allais suggérer que tu t'assoies ici et que tu me fasses la conversation pendant un petit moment, a souri Nina.

– Oh, euh… alors oui, d'accord. J'imagine que je peux faire ça, ai-je répondu, me sentant idiote tout à coup.

Parler n'était pas une mauvaise idée. Il fallait que je découvre qui était cette femme pour pouvoir le dire à Aiden et préserver la sécurité de la meute.

Ou est-ce que c'est ce que je me disais pour justifier ma curiosité ? Je n'avais pas été capable de décoller mes yeux de Nina depuis qu'on l'avait amenée ici.

– Alors, qui commence ? Es-tu plus Action ou Vérité ? a demandé Nina, se couvrant – Dieu, merci – d'une épaisse couverture.

– Je vais prendre la parole, Nina, mais cela n'a rien d'un jeu. Si tu veux que je continue à t'aider, il va falloir me dire ce qui t'est arrivé, ai-je déclaré d'un ton sérieux. Tu as failli mourir. J'ai besoin de savoir ce qui t'a fait une telle chose et si la menace est toujours dehors.

Nina s'est tournée, évitant mon regard.

– Des chasseurs, a-t-elle murmuré.

– Des chasseurs divins ?

– Ouais, ils me traquaient, ils ont failli m'avoir. Votre Alpha a dû les effrayer, a-t-elle expliqué. Quel est son nom ?

– Aiden, ai-je répondu, déjà pressée de ne plus parler de mon ex. Dis-m'en plus sur ces chasseurs.

– Ce sont juste des humains ordinaires qui détestent ce qu'ils ne comprennent pas, a-t-elle grogné.

Pour la première fois, j'ai décelé de la colère chez Nina. Je me suis assise sur le bord du lit, me sentant émotionnellement attirée par elle, soudain.

– Si on met de côté mon devoir de guérisseuse pour un moment, est-ce que je peux te poser une question personnelle ?

Nina a eu l'air intriguée.

– Ouais, vas-y.

– Qu'est-il arrivé à ta meute ? Pourquoi es-tu seule ? Je veux dire, seule dans la nature. Sans meute.

Elle a soupiré, l'air déçue.

Mince, j'aurais pu m'exprimer de manière un peu plus éloquente.

Avais-je vraiment demandé pourquoi elle était seule au monde ? C'était une question à laquelle j'avais dû répondre moi-même beaucoup trop souvent.

– Ce que tu essaies de savoir, au fond, c'est pourquoi j'ai été exilée, n'est-ce pas ? Les loups ne vivent pas seuls si on ne les force pas à le faire.

– Si le sujet te met mal à l'aise, je ne vais pas insister, ai-je précisé, réfléchissant au fait qu'Aiden mènerait sans doute un interrogatoire musclé avec elle dans une cellule s'il savait qu'elle était réveillée.

– Non, ça va. Je vais être honnête. J'ai été surprise en train de voler. Je suis une voleuse, a-t-elle dit tout à coup. Et je suis bonne à ça. Je n'en suis pas fière, d'accord ? Bon, OK, un peu. Mais j'ai fait ce qu'il fallait pour survivre. J'ai appris il y a bien longtemps que personne d'autre ne viendrait à ma rescousse, qu'il ne faut compter que sur soi-même.

– Mais tu n'avais pas des membres de ta famille qui pouvaient t'aider ? ai-je demandé en me rapprochant d'elle.

Nina a froncé les sourcils quand j'ai mentionné sa famille.

–Je suis morte aux yeux de mes parents depuis des lustres, et vice versa. Je n'ai pas de famille.

Aiden

Mon estomac grognait d'impatience à la vue des pâtes et du pain chaud posés devant moi.

La mère de Sienna était une excellente cuisinière et même si, initialement, j'avais protesté au sujet de ces dîners hebdomadaires, j'avais fini par les apprécier. Je commençais à considérer sa famille comme la mienne.

J'ai essayé de me servir en spaghettis, mais Melissa m'a tapé sur la main.

–Non, Aiden, on doit attendre que tout le monde soit là, a-t-elle dit, l'air sombre. Selena et Jeremy ne sont toujours pas arrivés.

Il faut que je pense à donner moins de travail à Jeremy à la Maison de la Meute si ça veut dire manger plus tôt.

Je me suis tourné vers Sienna qui avait l'air perdue dans ses pensées. Elle avait été ainsi toute la journée.

–Est-ce que tout va bien? ai-je demandé en posant ma main sur la sienne.

–Je vais bien. Je parcours juste mentalement quelques œuvres pour un client, a-t-elle expliqué en m'adressant un sourire forcé.

Le bruit de la porte d'entrée qui s'ouvrait a enfin retenti, accompagné de celui de talons hauts qui claquaient sur le parquet du couloir.

–On est là, on est là, désolée pour le retard, a soupiré Selena, entraînant Jeremy dans la salle à manger et se glissant sur sa chaise sans prendre la peine de respirer.

Jeremy m'a adressé un signe de tête un peu maladroit. Il ne s'était toujours pas habitué à la présence de son boss aux dîners de famille.

–Très bien, je déclare officiellement ce repas ouvert, a souri Robert. Servez-vous!

– Enfin, ai-je grogné. La cuisine de Melissa est une œuvre d'art qui ne sera pas gâchée.

– Oh, arrête ! a-t-elle ri. Tu engloutirais n'importe quoi si on te le mettait sous le nez.

J'ai à nouveau coulé un regard vers Sienna. Elle touchait à peine à sa nourriture.

Qu'est-ce qu'elle a aujourd'hui ?

– Hé, maman, papa, j'ai une question, a demandé Sienna en parlant avec prudence. Que s'est-il passé le jour où vous m'avez retrouvée abandonnée devant l'hôpital ?

La pièce a été envahie par un silence inconfortable et les parents de Sienna se sont regardés avec appréhension.

– D'où te vient cette question, ma chérie ? l'a interrogée Robert.

Je me posais la même question. Je savais que Sienna pensait beaucoup à ses parents biologiques ces derniers temps, mais je n'étais pas certain que le dîner familial soit le meilleur endroit pour enquêter.

– Je veux simplement en savoir plus sur mes origines, a-t-elle expliqué calmement. Mes parents… ont-ils laissé un mot ? Est-ce qu'ils ont regretté de m'avoir abandonnée ? Vous ne m'avez jamais donné les détails.

J'ai regardé Melissa se tendre quand Sienna a utilisé le mot « parents ».

– Pourquoi est-ce que c'est important ? ai-je demandé, agacé. Qui qu'ils soient, ils ont pris une décision pourrie en te laissant, et ils méritent de le regretter jusqu'à la tombe.

Les yeux de Sienna se sont embrasés comme un volcan.

Eh merde.

Je m'attendais presque à ce que des flammes jaillissent de ses yeux d'un moment à l'autre.

Selena et Jeremy ont échangé des regards.

– Tu ne sais rien sur eux, s'est mise à hurler Sienna. Ce n'est pas parce que tes parents biologiques sont de véritables cauchemars que c'est le cas des miens.

Sienna a repoussé vivement sa chaise, la faisant racler sur le sol, et s'est levée furieuse.

– Où est-ce que tu crois aller comme ça, bordel ? ai-je grogné avec colère.

– Chez mon thérapeute ! a-t-elle crié.

Un thérapeute ?

Je me suis levé pour la suivre, mais elle était déjà dans le couloir.

– Sienna, attends !

Elle s'est arrêtée, mais ne s'est pas retournée. Quand j'ai posé mes mains sur ses épaules, j'ai senti qu'elles se relaxaient à mon contact.

– Je suis désolé, ai-je dit. Je n'avais pas réalisé à quel point c'était un sujet sensible.

Sienna s'est finalement retournée, les larmes aux yeux. Je l'ai attirée contre moi et l'ai serrée fort.

– Dis-moi ce qui te tracasse.

– J'ai juste géré cette douleur toute seule pendant trop longtemps, a-t-elle expliqué.

– Et c'est pour ça que tu vas…

Pour une raison qui m'échappait, c'était difficile pour moi de dire le mot à voix haute.

– … en thérapie, oui, a-t-elle répondu calmement.

– Est-ce que c'est quelque chose que j'ai fait ? ai-je demandé. Parce que si c'est le…

– Non, Aiden… ce n'est pas à cause de toi. Je te promets.

Son ton était rassurant, mais je sentais toujours que je l'avais déçue.

– J'ai juste besoin de travailler sur mes problèmes et je pense que cette thérapie est la meilleure manière, a-t-elle expliqué.

J'ai levé son menton pour pouvoir plonger mes yeux dans les siens. Je voulais prendre toute sa douleur et sa tristesse. Je ne voulais plus jamais voir des larmes dans ses beaux yeux, sauf des larmes de joie. Mais peut-être qu'il fallait que je laisse tomber, pour une fois. Peut-être que je devais laisser Sienna gérer les choses à sa façon.

J'ai soupiré et ai déposé un baiser sur son front.

– Je te soutiendrai si tu penses que c'est le mieux pour toi.

Sienna a attrapé mon col de chemise et s'est hissée sur la pointe des pieds pour presser ses lèvres contre les miennes.

Après avoir reculé, elle a souri.

– Merci.

Sienna

J'étais à nouveau assise face à Konstantin dans son bureau, mais cette fois je savais pertinemment pourquoi j'étais là.

Je savais ce que je voulais.

– Êtes-vous certaine de votre choix ? m'a demandé Konstantin. Je vous l'ai dit, cela peut se révéler très intense. Vous n'allez peut-être pas aimer ce que vous allez trouver, même dans votre propre tête.

– Je suis certaine, ai-je répondu. Aidez-moi à débloquer mes souvenirs. Je veux savoir qui sont mes parents biologiques.

Konstantin a hoché la tête et a rivé son regard au mien. Ses yeux étaient illuminés par cette lueur argentée, comme toujours quand il était concentré.

– Très bien. Alors, commençons. D'abord, vous devez ouvrir votre esprit.

J'ai failli tomber de mon siège quand la voix de Konstantin s'est retrouvée en écho dans ma tête.

– Vous devez me laisser entrer.

ÉPISODE 18
MÉMOIRE

Sienna

La tour Eiffel était absolument époustouflante depuis l'endroit où je me tenais au bord de la Seine. La magnifique structure brillait dans le ciel nocturne.

J'imaginais que l'air était particulièrement frais ce soir-là. Tout le monde était emmitouflé dans des manteaux et des écharpes. J'étais juste en jean et tee-shirt, mais je n'aurais rien pu ressentir de toute façon.

Aucune odeur.

Aucun goût.

C'était une sensation étrange que d'être capable de tout voir, mais de ne rien parvenir à sentir. C'était le mauvais côté d'être dans les souvenirs de quelqu'un d'autre.

J'ai vu Konstantin marcher bras dessus, bras dessous avec une très belle femme près du fleuve. Je me demandais qui cela pouvait être.

Une mannequin ?

Une actrice ?

Une ancienne maîtresse, peut-être ?

Quand ils ont tourné dans une ruelle, j'ai commencé à les suivre. Où pouvaient-ils se rendre, si tard le soir ?

Avant d'avoir pu le découvrir, j'ai été projetée hors du sol et j'ai ressenti la sensation atroce d'être forcée de passer à travers une serrure.

***

– Pourquoi m'avez-vous ramenée si vite ? ai-je demandé, agacée, alors que je reprenais mes esprits en face de Konstantin, toujours dans son fauteuil en velours. Je voulais découvrir Paris un peu plus. C'était incroyable.

– Oui, je peux toujours vous en montrer plus, Sienna. Je peux vous dévoiler à peu près n'importe quel lieu. Il n'y a que peu d'endroits où je n'ai pas mis les pieds, a affirmé Konstantin.

– Où alliez-vous avec cette femme ? ai-je demandé. Elle était si belle.

– Oh, juste à une fête, je pense, a-t-il répondu en agitant la main comme si de rien n'était.

– Cela semblait si vrai, ai-je dit, toujours envoûtée par le souvenir. Est-ce que ce sera la même chose quand j'irai dans mes propres souvenirs ?

– Oui, a confirmé Konstantin. Je voulais vous donner un avant-goût. Je peux utiliser mes pouvoirs pour aider les souvenirs à revenir à la vie, mais quand vous serez dans votre propre tête, il n'y aura que vous aux manettes.

– Comment saurai-je quel souvenir sélectionner ?

– Cela peut paraître ridicule, mais vous n'aurez qu'à suivre votre cœur, littéralement. Votre esprit va créer un guide sous la forme de quelqu'un en qui vous avez confiance, et celui-ci vous mènera vers ce que votre cœur désire le plus.

Ma tête tournait. Toutes ces choses de vampyres étaient nouvelles pour moi et, même si j'étais une louve-garou, cela me paraissait un peu bizarre.

–Je ne me serais jamais doutée que les vampyres étaient si… *magiques.*

Le mot a provoqué un rire chez Konstantin.

–Ce n’est pas l’avis de tout le monde. Pendant des années, les vampyres ont dû vivre dans l’ombre.

–Vraiment? Pourquoi?

–Les loups du Millénaire ne s’intéressent que peu à mon espèce.

Les loups du Millénaire? Est-ce que cela incluait Raphael?

–Personne ne devrait avoir à cacher qui il est vraiment, ai-je affirmé.

–Les gens détestent souvent ce qu’ils ne comprennent pas. Cela a été le cas pendant des siècles. Mais vous n’êtes pas comme la plupart des gens, n’est-ce pas, Sienna?

Konstantin m’a souri et je lui ai rendu la pareille. Il comprenait ce que j’avais vécu car il savait ce que cela faisait d’être marginalisé.

–J’espère que je pourrai vous aider à trouver les réponses que vous cherchez, a-t-il dit.

J’étais nerveuse, mais aussi excitée. J’allais enfin découvrir d’où je venais. J’avais besoin de savoir qui ils étaient…

Mes parents.

Ils étaient la raison principale pour laquelle j’étais ici. Les voyages à Paris étaient une échappatoire momentanée bien agréable, un effet de manche, mais ce n’était pas ce que je recherchais.

–Je suis prête, ai-je déclaré. Partons dans mes souvenirs.

–Il faudra du temps, Sienna. Vous devez être patiente. Ce n’est pas bon de vous pousser trop fort, trop vite.

–Qu’est-ce que vous voulez dire?

–Je veux dire que la clé pour retrouver vos parents se trouve profondément enfouie dans votre subconscient, a-t-il expliqué. Et plonger si profondément sera difficile.

Konstantin s’est levé et s’est approché, faisant doucement courir ses doigts autour de ma tête comme s’il prenait ses marques avant d’opérer.

–S'il vous plaît, montrez-moi un autre souvenir, ai-je demandé. Je ne me sens pas épuisée du tout.

–Très bien, si vous insistez, a-t-il consenti en soupirant.

Konstantin a placé sa main sur le sommet de mon crâne, son pouce sur mon front.

La pièce a commencé à tanguer à nouveau, mais seulement pendant un moment puisque Konstantin s'est écroulé sur le sol en hurlant d'agonie.

–Konstantin, ai-je crié en m'agenouillant à ses côtés. Qu'est-ce qui est arrivé ? Comment allez-vous ?

–Ça va, ça va... Pas besoin de s'inquiéter. C'est juste que... je ne peux utiliser qu'une petite quantité de pouvoir par jour et je crains être vidé pour aujourd'hui.

Son visage, déjà pâle d'ordinaire, l'était encore plus, c'était évident. Je l'ai aidé à s'asseoir en m'excusant.

–Je suis désolée. Je n'aurais pas insisté à ce point si j'avais su.

–Non, ne soyez pas désolée. J'aurais dû mieux appréhender mes propres limites.

–J'espère que cela ne vous découragera pas pour la suite.

Konstantin a secoué la tête et m'a souri.

–Non, bien sûr que non. Je vous promets que la prochaine fois que l'on se verra, nous plongerons dans votre esprit.

Et, espérons-le, nous trouverons les réponses dont j'ai tant besoin...

Aiden

–Elle est seule et n'a personne pour l'aider, personne, a hurlé Jocelyn près de mon visage. Tu comptes la larguer là où tu l'as trouvée et espérer qu'elle se défende seule ?

–Elle s'est plutôt bien débrouillée jusqu'ici, ai-je grogné. Pas question que je laisse une errante courir en liberté sur mon territoire.

–Courir ? Elle ne peut même pas marcher !

–C'est une Maison de la Meute, pas un refuge pour loups solitaires cherchant de l'aide.

– Tu parles comme un véritable leader, a lancé Jocelyn, sarcastique, en me regardant de haut. Depuis quand est-ce que la meute de la côte Est est si égocentrée ?

– Fais attention à toi, ai-je grogné.

– Jocelyn, tu accordes vite ta confiance. Je ne dis pas que c'est une mauvaise chose, vraiment, mais parfois cela peut te jouer des tours, et cette fois, cela semble être bel et bien le cas, a renchéri Josh.

– Oh ! ne viens pas me donner des leçons de confiance, Josh. Ou peut-être as-tu oublié que tu as convoqué l'Alpha du Millénaire parce que tu avais toi-même perdu confiance en ton Alpha ? a rétorqué Jocelyn.

Et bien, ses griffes sont aiguisées ce soir.

J'avais à pardonné à Josh pour son erreur, mais je ne l'avais clairement pas oubliée. Il m'a jeté un coup d'œil, guettant ma réaction.

– Ouais, Josh fait des conneries de temps en temps, ce n'est pas nouveau, mais cela n'a rien à voir avec la situation à laquelle nous devons faire face.

– L'Oméga doit partir, a décrété Josh.

– Elle s'appelle Nina, a rétorqué Jocelyn.

Je n'avais jamais vu Jocelyn montrer les crocs ainsi.

Jamais.

Cela lui tenait manifestement à cœur.

– Aucun loup ne se retrouve exilé sans de bonnes raisons, tu le sais. C'est un risque évident de la garder parmi nous.

– C'est un risque pour lequel je suis prête à me porter garante, a affirmé Jocelyn. En tant que guérisseuse, j'ai une responsabilité. Cela fait partie de mes vœux d'aider à réinsérer chaque loup qui se présente à moi en ayant besoin d'aide, du mieux que je le peux.

Il ne servait à rien d'argumenter avec elle, maintenant qu'elle avait sorti la carte de ses vœux. J'avais trop de respect pour Jocelyn, même si en l'occurrence nous n'étions pas d'accord.

– Très bien, elle peut rester, mais seulement jusqu'à ce qu'elle soit assez rétablie pour s'en aller. Et j'exige un rapport quotidien sur ses progrès, et sur toutes les infos que tu pourras obtenir sur elle.

–Je m'en charge, a-t-elle répondu en hochant la tête.

J'espère vraiment que tu sais ce que tu fais, Jocelyn.

Nina

« C'est un risque pour lequel je suis prête à me porter garante », avait déclaré Jocelyn alors que je me tenais dans le couloir, à écouter derrière la porte sa discussion avec l'Alpha.

Oh, Jocelyn, pourquoi es-tu si pure ? Cela va rendre les choses beaucoup plus difficiles.

Cela me tuait qu'elle me trouve si digne de confiance au premier abord alors que je ne l'étais absolument pas. J'étais une moins-que-rien. Cet ange méritait le monde, et tout ce que je pouvais lui donner, c'était des mensonges.

Je suis retournée discrètement dans ma chambre et j'ai étiré mes membres.

Mon Dieu, passer la journée complètement allongée engourdit vraiment les membres.

Les pouvoirs de ma bienfaitrice avaient vraiment fait un bon boulot pour que ces fausses blessures semblent réelles. Du moins, assez pour tromper une guérisseuse de talent et un Alpha. Moi-même, j'aurais cru être aux portes de la mort si ces hématomes et ces fractures n'étaient pas complètement indolores.

En fait, j'aurais aimé que la douleur soit vraie.

C'était tout ce que je méritais pour avoir été envoyée ici avec cette mission. Mais je n'avais pas le choix, peu importait ce que je désirais vraiment. C'était une mission que je devais mener jusqu'au bout. Et je commençais à manquer de temps.

ÉPISODE 19

SPOTLIGHT

Michelle : Soirée entre fiiiilles !!!!!
Mia : OMG ouiiii, j'en ai trop besoin.
Mia : Vous allez devoir ramener mes fesses à la maison ce soir.
Erica : Non Non Non.
Erica : On a promis d'être classe, rappelle-toi !
Erica : 🚫 clubs.
Michelle : Seulement un dîner et du vin chez Château 😜
Erica : Ahhhhh, Château ! Magnifique 👌
Mia : OK alors.
Mia : Si vous pensez que je ne peux pas me mettre la tête à l'envers avec du vin.
Mia : Les filles, vous allez être surprises.
Mia : Et deuzio.
Mia : Vous êtes folles de penser qu'on rentrera chez Château un vendredi.

Erica : Ouais, il faut pas réserver genre des mois à l'avance ?
Michelle : Détendez-vous les meufs !
Michelle : J'ai un gros réseau
Mia : Où est Sienna ? T'es vivante ?
Sienna : Oh, déso les filles.
Sienna : Je viens de voir vos messages.
Sienna : Oui je serai là, mais un peu tard.
Michelle : Okay bitch, t'as pas intérêt à nous poser un lapin encore !
Sienna : Non, promis !
Michelle : Châteauuuuu !!!

Michelle

– Comment ça « non » ? ai-je protesté, exaspérée.

– Comme je vous l'ai dit, je n'ai pas de place pour ce soir, a répété l'hôte d'accueil en souriant à travers ses dents serrées. Il faut une réservation.

– Je vous avais prévenues, a soupiré Mia en se remettant du rouge à lèvres pour la quatrième fois.

– Je viens de vous voir laisser entrer un couple sans réservation, ai-je crié.

– Oh, mais pourquoi ne m'avez-vous pas dit plus tôt que vous étiez la première ministre de France ? Par ici, Mademoiselle, a-t-il rétorqué, moqueur.

– Je vous signale que je suis la compagne du Bêta, ai-je affirmé avec un petit sourire satisfait.

Cela fonctionnait toujours.

L'hôte a placé sa main au-dessus de ses yeux et les a plissés.

– Ah oui ? Et où est-il ? Parce que tout ce que je vois, ce sont trois louves ivres mortes.

– On n'est pas bourrées ! s'est indignée Erica.

– Parle pour toi, a balbutié Mia.

– Si mon compagnon, Josh, l'apprend, il… il vous fera virer !

– Ce serait très… bêta.

J'avais envie de lui arracher son sourire plein d'arrogance, mais si je le faisais, c'était sûr qu'on ne rentrerait jamais.

Ne crie pas.

Ne fais pas d'esclandre.

Respire profondément.

Je me suis retournée vers les filles, défaite.

– Bon, on fait quoi ? Je pensais vraiment qu'on rentrerait.

– Désolée d'être en retard, les filles !

Sienna venait de sauter d'une voiture avec chauffeur et courait vers nous avec l'air d'une beauté essoufflée.

Sa robe était couverte de strass exquis et le collier qu'elle portait semblait crier : « Hé, tout le monde, je suis riche maintenant ! »

Est-ce qu'elle porte un Wolfric original ? Quelle garce !

– Sienna, tu es *à tomber !* ai-je hurlé, peut-être un peu trop fort.

– Merci, toi aussi, Michelle ! J'adore tes boucles d'oreilles, a-t-elle répondu. Est-ce qu'on rentre ? Je suis affamée.

– Eh ben, en fait… a commencé Erica.

Sienna nous a dépassées et s'est approchée de l'hôte.

– Sienna Mercer-Norwood, réservation pour quatre.

– Ah oui, Madame Mercer-Norwood, vous êtes juste là. Suivez-moi, je vous prie, a-t-il répondu en me lançant un regard de travers.

– Tu avais une réservation ? ai-je demandé, stupéfaite.

– J'ai appelé sur la route et ils ont dit qu'ils nous placeraient au balcon. Quelle chance, non ? a-t-elle ajouté avec une totale sincérité.

– Oh, mon Dieu, oui quelle CHANCE, ai-je répondu.

Madame Mercer-Norwood.

***

Difficile d'apprécier de la nourriture cinq étoiles quand on a l'estomac noué. Écouter Mia et Erica se pâmer à chaque mot qui sortait de la bouche de Sienna me rendait encore plus nauséeuse.

– Le bal de Yule de cette année sera ton premier en tant que compagne d'Aiden. Vous allez faire votre entrée ensemble dans le grand escalier ! a soupiré Erica.

– Ta vie est si romantique, Sienna, j'en peux plus, s'est exclamée Mia.

Moi non plus.

Ce n'était pas comme si je n'étais pas heureuse pour Sienna. C'était ma meilleure amie. Bien sûr que je me réjouissais pour elle. Mais être complètement dans l'ombre de ma BFF alors qu'elle ne se rendait tout simplement pas compte de ses privilèges était vraiment insupportable.

J'avais tant accompli l'année passée, mais tout ce que j'avais eu beau faire me placerait toujours à la seconde place derrière Sienna, mon mari n'était que le Bêta.

Sienna n'appréciait même pas toute cette attention. Elle avait les yeux rivés sur son téléphone à envoyer des messages, sûrement à Aiden. Elle ne pouvait même pas passer une soirée loin de lui. Et puis, elle s'est levée brusquement, me surprenant. Pendant un moment, j'ai cru qu'elle avait lu dans mes pensées et j'ai rougi.

– Je suis désolée de devoir partir si tôt, les filles, mais j'ai rendez-vous avec un client, s'est excusée Sienna.

– Tu prends des rendez-vous à cette heure-ci ? ai-je demandé, les sourcils levés.

– Va, sois brillante, donne tout ce que tu as ! s'est exclamée Erica en lui envoyant des baisers. Je suis fière de toi, meuf !

Je vais peut-être bien vraiment vomir, en fait.

***

Un peu ivre, j'ai jeté mon sac à main par terre en rentrant à la maison. Josh regardait *Les Infos de la Meute* et n'a même pas levé la tête.

Typique.

J'aurais parié que lorsque Sienna arrivait chez elle, Aiden avait recouvert l'allée avec des roses et la portait dans ses bras pour lui faire passer la porte en l'embrassant comme dans un putain de conte de fées.

C'était complètement irrationnel de ma part d'être en colère contre Josh, mais là, maintenant, je n'avais pas envie d'être rationnelle.

–Josh, est-ce que tu vas me laisser plantée là ? Porte-moi, merde !

Josh s'est tourné vers moi, l'air confus.

–Attends, hein ?

–Pourquoi est-ce que tu ne fais rien. Fais quelque chose, putain. Tu te laisses toujours mettre sur la touche !

–Oh, tu es bourrée, a-t-il dit en se détournant pour m'ignorer à nouveau.

Je me suis placée devant la télé pour lui faire face.

–Est-ce que ça te convient vraiment d'être l'éternel second ? De te laisser marcher dessus pendant que quelqu'un prend ta place ?

–OK, je vois, ce n'est même pas à propos de moi, c'est au sujet de Sienna, a répondu Josh, l'air suffisant.

–Non, pas du tout, ai-je rétorqué. C'est à propos du fait que tu es un putain d'adulte et que tu devrais dire à Aiden que tu refuses que Sienna pique toutes tes responsabilités, maintenant qu'elle siège au conseil.

Josh a bondi de son fauteuil, furieux.

–Tu sais quoi, Michelle ? Tu es une putain d'hypocrite ! Tu me gueules dessus pour que je confronte Aiden quand tu n'abordes même pas avec elle le fait que Sienna te fait de l'ombre.

Il avait raison. Nous nous sentions tous les deux éclipsés, et aucun d'entre nous n'agissait pour changer les choses.

Soudain, le feu et la rage que je ressentais contre Josh ont migré plus bas dans mon corps. J'ai passé la main sur mon sexe, un désir brûlant pour mon compagnon me consumait.

Il le sentait également, je voyais déjà son excitation se dessiner à travers son pantalon.

La Frénésie nous appelait et elle n'aurait pu choisir meilleur moment.

Je voulais que Josh me porte ? Eh bien, c'est ce qu'il a fait, me prenant dans ses bras pour me plaquer contre le mur. Il a levé ma jupe juste au-dessus de mes hanches et a pressé son énorme bite entre mes jambes.

– Pas de sous-vêtements, ce soir ? a souri Josh.

– Tais-toi et viens en moi, ai-je grogné en enfonçant mes ongles dans son dos.

Quand il m'a pénétrée, j'ai hurlé d'extase. Mon Dieu, c'était si bon. Je ne pouvais même plus me rappeler pourquoi on se disputait. À chaque coup de reins, la Frénésie devenait de plus en plus intense et mes gémissements de plus en plus forts. Les bras massifs de Josh me supportaient et tout ce que je voulais, c'était qu'il aille…

– Plus fort !

– Pas de problème, bébé, a dit Josh qui a accéléré ses va-et-vient.

Oui.

Putain, oui.

Josh avait beau être un Bêta, il baisait comme un Alpha.

Sienna

– Êtes-vous prête ?

Les yeux perçants de Konstantin me transperçaient alors que j'étais assise face à lui dans son penthouse. C'était comme s'il m'observait d'une façon qui lui était particulière.

Étais-je prête ?

Une partie de moi pensait que c'était mal de laisser quelqu'un s'immiscer dans mon esprit, dans mes pensées les plus intimes, inaccessibles même à Aiden. Mais Konstantin était mon thérapeute et je devais accepter qu'il y ait des choses que je ne pouvais faire seule. Rien n'était clair, mais si je voulais retrouver mes parents, il fallait que je lui fasse confiance.

– Je suis prête, ai-je déclaré. Dites-moi comment procéder.

Fermez les yeux.

Il me parlait à nouveau par télépathie. J'ai suivi ses instructions.

Maintenant, prenez mes mains.

J'ai doucement obéi.

Souvenez-vous… suivez votre cœur.

***

Sans même un murmure, le monde autour de moi a changé complètement. J'étais dans ce qui avait tout l'air d'être un château, portant un peignoir en mousseline sans rien en dessous.

J'ai frissonné, mes tétons ont durci sous le tissu. J'étais définitivement dans ma propre tête.

Dans l'esprit de Konstantin, je n'avais rien pu ressentir, mais dans le mien, tout semblait réel, hyperréaliste même.

J'ai commencé à avancer dans un escalier éclairé à la bougie, mais je me suis retrouvée bloquée par une porte verrouillée. En glissant la main dans la poche de mon vêtement, j'ai trouvé une clé. J'imaginais que c'était bel et bien mon esprit, pourquoi n'aurais-je pas la clé ? J'ai ouvert la porte et l'ai poussée, trébuchant directement dans une paire de bras musclés.

J'ai levé la tête et hoqueté.

–Aiden ?

–Ah ! Tu es là ! a-t-il souri. Je me demandais quand tu viendrais me chercher.

Ce n'était pas le véritable Aiden, c'était le guide que mon esprit avait créé, la personne en qui j'avais le plus confiance.

J'ai regardé aux alentours… Bizarrement, cette salle ressemblait à un donjon, la porte que je venais de passer étant l'unique issue.

– Où allons-nous ? ai-je demandé.

Aiden a fait un signe de tête silencieux vers les escaliers.

Alors que nous montions l'escalier en colimaçon, je me suis rendu compte que mon peignoir était vraiment transparent. J'ai maudit mon esprit pour avoir inventé une telle tenue. Pourquoi au juste avais-je choisi cela ? J'étais pratiquement nue. Aiden ne semblait pas dérangé à en juger par la façon dont ses yeux suivaient mon cul.

L'escalier semblait ne jamais finir, et j'ai soudain pris conscience que je n'avais pas mis autant de temps à le descendre.

– Sienna, je pense que tu te retiens. On va continuer à tourner en rond si tu ne t'ouvres pas.

– Je suis désolée, mon esprit est encombré. Je ne sais pas comment contrôler…

Mon corps a été secoué par un choc électrique qui s'est répandu sur chaque centimètre de ma peau.

Oh, non…

Pas ici…

Comment est-ce possible que cela arrive ici ?

La Frénésie m'a frappée comme un train à grande vitesse. Ou du moins, la version qui existait dans ma tête. Comment pouvais-je être si mal à l'aise et si excitée en même temps ? Mon peignoir a commencé à glisser et ma poitrine à se soulever. Mon sexe réclamait que quelqu'un le pénètre.

Aiden a eu l'air surpris.

– Sienna, qu'est-ce qui t'arrive ? Que ressens-tu ? Dis-moi.

Je ressentais…

Tout.

Et cela faisait un putain de bien.

ÉPISODE 20

CONTRAINTES

Sienna

Je me suis réveillée en sursaut, en sueur et en respirant bruyamment. Konstantin me tenait toujours les mains, mais je les ai retirées vivement pour les placer sous mes bras, pour les réchauffer. J'étais mouillée, mais pas à cause d'un orgasme. En dehors de mon esprit, j'étais humide, trempée par une suée froide.

Konstantin s'est précipité à mes côtés, plaçant une couverture sur mes épaules.

– J'étais en pleine Frénésie, ai-je dit en claquant des dents. Je ne comprends pas ce qui s'est passé.

– Fascinant, a déclaré Konstantin en m'étudiant de près. Alors, c'est donc comme ça que cela se manifeste dans votre esprit.

– Qu'est-ce que vous voulez dire ?

– Ce n'était pas la Frénésie, pas la véritable en tout cas. Votre esprit va essayer de vous combattre. C'est un processus naturel. Votre cerveau dispose d'un mécanisme de défense, un peu comme les globules blancs, pour vous empêcher d'aller trop loin.

– Je ne peux pas le contrôler, ai-je protesté en toussant.

– Je sais. C'est pourquoi nous allons y travailler ensemble, a dit Konstantin avec calme. Ce mécanisme de défense se manifeste de manière différente pour chaque individu, et dans votre cas, c'est sous forme de Frénésie.

Bien sûr... Ce qui signifiait que chaque fois que j'essaierais d'accéder à mes souvenirs, j'allais sentir une version super intense de la Frénésie ?

Parfait, putain.

C'était bien la *dernière* chose que je souhaitais qu'il arrive pendant mes sessions de thérapie.

– Il est important que vous vous rappeliez que même si cela paraît très réel, rien n'arrive physiquement dans le présent. Tout est dans votre imagination.

– Je ne peux pas y retourner ce soir. C'est beaucoup trop pour moi là, maintenant.

– Je comprends. Nous reprendrons demain. Je ne veux pas vous pousser si vous ne vous sentez pas prête, a-t-il expliqué en se saisissant de ma veste et en me guidant vers l'ascenseur.

J'ai souri doucement.

– Merci de votre compréhension. Je me sens embarrassée.

– C'est absurde. Rentrez chez vous et reposez-vous. Nous essaierons à nouveau demain.

***

L'eau brûlante glissait le long de mon dos sous la douche, pendant que j'essayais de trouver une logique à ce qui était en train de m'arriver.

Pourquoi est-ce que mon esprit me plaçait dans une position si inconfortable ? Qu'est-ce que je tentais de me dissimuler à moi-même ? Quoi que ce fût, c'était enfoui *profondément.*

Alors que j'aspergeais mon visage d'eau, j'ai entendu la porte de la douche coulisser derrière moi.

– Tu veux de la compagnie ?

Je me suis retournée pour découvrir Aiden, nu et en érection, me souriant avec excitation.

Il était Frénétique. La *véritable* version de la Frénésie.

Avant que j'aie pu répondre quoi que ce soit, il m'avait plaquée contre le mur et nous nous embrassions. Il m'a mordu les lèvres, et sa langue a commencé à parcourir mon cou, mon torse jusqu'à ce qu'il soit à genoux, sa tête au niveau de mon sexe. J'ai frissonné de plaisir quand sa langue s'est glissée à l'intérieur de moi. J'ai fermé les yeux et cédé à mon désir tandis que ma Frénésie s'animait. Aiden pouvait la déclencher en me jetant un simple *regard,* mais son contact était encore plus efficace.

– Tu aimes ça quand je suis à l'intérieur de toi, hein, Sienna ? a-t-il dit en me regardant.

– Oh, mon Dieu, oui, ai-je gémi.

Aiden s'est levé et le bout de sa bite a frôlé mon sexe.

– Ça fait un moment qu'on n'a pas été Frénétiques, a-t-il soupiré à mon oreille.

Seulement si on ne compte pas l'épisode dans ma tête.

– Désolé, j'ai eu tellement de boulot… a dit Aiden, sa bite commençant à se frayer un chemin entre mes lèvres. Laisse-moi me rattraper.

J'ai gémi d'approbation alors qu'il commençait à me pénétrer.

Aiden s'est retiré, puis m'a attrapée par les épaules et m'a retournée, me pressant fort contre le mur. Il m'a soudain pénétrée par-derrière et j'ai haleté en sentant son membre me remplir.

Putain !

J'ai appuyé mes mains sur le mur pour me tenir tandis qu'Aiden commençait ses va-et-vient avec sa force d'Alpha.

– O… oui, putain, ou… oui ! ai-je bégayé alors que chaque coup de reins atterrissait à l'*exact* bon endroit.

Tout mon corps tremblait de désir, suppliant d'en avoir plus. Je me sentais sur le point de m'évanouir de plaisir.

C'était tout ce dont j'avais besoin pour m'éclaircir les idées, me faire follement baiser par mon compagnon.

***

Jocelyn

Aiden : Tu ne m'as pas encore fait ton rapport aujourd'hui.
Aiden : Est-elle assez remise pour s'en aller ?
Aiden : J'exige une date et une heure.
Jocelyn : Aiden, je m'en occupe, mais ne t'attends pas à ce qu'elle soit rétablie très vite.
Jocelyn : Il faut que tu me laisses faire mon boulot.
Aiden : Et toi le mien.
Aiden : On ne peut pas lui faire confiance.

Exaspérée, j'ai posé mon téléphone, face contre mon bureau. Nina m'a lancé un regard inquisiteur.

– Problèmes de petit ami ? a-t-elle demandé pour me taquiner.

– Un ex, en fait.

– Est-ce que c'est un arrière-goût du Bêta ou de l'Alpha qui te fait ressembler à quelqu'un qui vient d'avaler quelque chose d'amer ?

– L'Alpha, ai-je ri. Attends, comment es-tu au courant pour…

– Tu ne crois quand même pas que je n'ai pas remarqué toute cette tension qui flotte dans l'air quand vous êtes tous les trois dans la même pièce ? C'est à couper au couteau ! s'est exclamée Nina en se serrant la gorge pour mimer l'asphyxie.

– Tout cela, c'est du passé. Ça n'a fonctionné ni avec l'un ni avec l'autre.

– Après l'Alpha, le Bêta, peut-être qu'il est temps que tu testes l'Oméga…

Je me suis surprise à rougir encore une fois. Pourquoi est-ce que cela arrivait aussi souvent quand j'étais en sa compagnie ?

J'ai aidé Nina à se lever et à boitiller jusqu'aux barres parallèles pour que nous commencions notre session de physiothérapie. Le rouge, sur mes joues, n'a fait que s'accentuer quand elle s'est agrippée à mon bras.

– L'Alpha n'aime pas vraiment que je sois là, n'est-ce pas ? Il veut que je m'en aille.

– Aiden est juste très protecteur envers sa meute, comme tout bon leader se doit de l'être, j'ai répondu. Ce n'est pas la personne la plus ouverte du monde, mais généralement, avec le temps, il s'améliore.

– Est-ce que c'est ce qui s'est passé avec sa compagne ? Quel est son nom, déjà ? J'ai entendu dire qu'ils avaient eu une histoire d'amour digne d'un conte de fées.

– Sienna, et comment es-tu au courant de ça ? La presse à scandale ? ai-je demandé, sur la défensive.

– J'ai lu un ou deux tabloïds, oui, a admis Nina. Alors qu'est-ce qui se passe avec cette Sienna ? Je ne l'ai pas vue du tout à la Maison de la Meute. Est-ce qu'elle y travaille ?

– Généralement, oui, mais elle n'est pas venue depuis quelques jours. Pourquoi est-ce que tu me poses toutes ces questions sur Aiden et Sienna ?

Nina a soudain perdu l'équilibre et s'est écroulée sur le sol dans un grand bruit, criant de douleur.

– Nina !

Je me suis aussitôt baissée pour l'aider, inspectant sa cheville, qui était violette.

– Je pense que je me la suis tordue, a-t-elle grimacé.

– On y est allées un peu trop fort. Je n'aurais pas dû te pousser autant, ai-je regretté.

Nina a placé sa main sur la mienne et m'a regardée avec ses yeux ensorcelants. Mon cœur s'est mis à battre la chamade mais je n'ai pas retiré ma main.

Pourquoi est-ce que je ne retire pas ma main ?

J'ai fini par réussir à reculer et à retrouver mon sang-froid.

– Je pense qu'on devrait reprendre demain, ai-je annoncé en m'éclaircissant la voix.

– OK, a-t-elle concédé, déçue. Mais, Jocelyn, parfois c'est bien de se faire violence. Parfois, il faut tenter quelque chose pour savoir si on est prêt ou non.

Sienna

Une fois qu'Aiden m'avait aidée à faire le vide dans mon esprit en s'occupant de ma Frénésie, je me sentais bien plus confiante à l'idée d'aborder une nouvelle session avec Konstantin.

– Êtes-vous prête à essayer à nouveau ? a-t-il demandé, assis en face de moi dans son bureau.

– Oui, je pense.

J'ai pris une profonde inspiration.

– Non, j'en suis *sûre*.

– Quoi qu'il arrive, laissez-vous faire. Vous comprenez ? Vous devez vous abandonner, a expliqué Konstantin. C'est la seule façon de découvrir ce que votre esprit dissimule.

– Je vais faire de mon mieux.

– Donnez-moi vos mains.

***

Un jardin luxuriant parsemé d'arches fleuries et de fontaines menait à un ravissant manoir en briques. J'ai soulevé ma robe en marchant vers lui, essayant de ne pas la salir.

Qu'est-ce que je faisais ? Rien de tout cela n'était réel.

Quand j'ai accéléré mon pas, mes seins ont pratiquement jailli du corsage serré que je portais. Encore une fois, c'était l'œuvre de mon propre esprit. Tout ce qui se passait dans ma tête était de mon fait. La dernière fois, c'était un château lugubre, cette fois-ci, c'était un charmant domaine campagnard de l'époque victorienne. Je préférais cette option.

Quand je suis arrivée au manoir, j'ai trouvé Aiden à l'intérieur, habillé dans un très chic costume cravate.

Bien sûr, mon esprit le rendait encore plus magnifique.

– Où allons-nous ? ai-je demandé en scrutant le massif bâtiment.

– C'est ton cerveau, a-t-il répliqué. Suis ton instinct. Où te dit-il d'aller ?

Sans réfléchir, j'ai commencé à remonter le grand escalier, Aiden sur mes talons. Je suis passée devant une douzaine de portes, mais je savais qu'aucune d'entre elles n'était celle que je cherchais.

Des couloirs tordus.

D'autres escaliers exigus.

Le papier peint changeait constamment.

Cet endroit tenait plus du labyrinthe que du manoir. Je commençais à sentir qu'il me manquait un élément quand, tout à coup, je me suis retrouvée à l'arrêt au milieu d'un couloir.

– Je pense que c'est ici, j'ignore pourquoi, ai-je déclaré, confuse. Il n'y a même pas de portes dans ce corridor.

J'ai instinctivement dirigé mon regard vers le plafond pour y découvrir une trappe entrouverte menant vers le grenier.

– C'est trop haut pour moi, aide-moi à l'atteindre.

J'espérais vraiment que, cette fois, mon esprit avait été assez courtois pour me fournir des sous-vêtements.

Alors qu'Aiden me portait, j'ai commencé à sentir un fourmillement me parcourir. Cette maudite Frénésie, encore, mon corps tentait de se défendre. Cela voulait dire que j'approchais.

– C'est encore en train d'arriver, ai-je gémi.

Le visage d'Aiden était dangereusement proche de mes fesses.

– Ne lutte pas. Abandonne-toi à ce que ton esprit te soufflera de faire quand nous entrerons dans cette pièce.

J'ai réussi à attraper l'échelle et à y monter, essayant de ne pas me concentrer sur ma Frénésie. Quand j'ai découvert ce que contenait le grenier, ma bouche s'est ouverte.

– Qu'est-ce que c'est que ce bordel ?

De vieux outils de BDSM jonchaient la pièce, ainsi que de nombreux fouets et chaînes.

Je nous avais conduits tout droit vers un donjon de sexe, caché dans un grenier.

La Frénésie s'est emparée de mon corps comme un feu de broussailles. J'avais envie de déchirer mes vêtements et quand j'ai jeté un regard vers Aiden, je me suis rendu compte que la même pensée devait le traverser, lui aussi.

Je me suis approchée d'un des engins, sans parvenir à contrôler mon propre corps, comme si j'étais en pleine crise de somnambulisme. Mon esprit a enserré mes poignets dans les attaches.

– Qu'est-ce que tu fabriques ? a demandé Aiden, avec un sourire en coin.

– Honnêtement, je n'en ai aucune idée, ai-je dit en essayant de contenir ma panique.

Une autre vague de Frénésie a déferlé sur moi, et tout ce que je désirais, c'était sentir quelque chose.

N'importe quoi.

– Attrape un fouet, lui ai-je ordonné.

ÉPISODE 21

L'ESPRIT CLAIR

Sienna

Aiden a délacé ma robe jusqu'à révéler mon dos, mes mains étaient toujours attachées. Ma Frénésie, ou plutôt mon subconscient, désirait tellement cela que c'en était douloureux.

Ses doigts ont parcouru mon dos nu, dans une caresse pleine de désir, ses ongles s'enfonçant dans ma peau. J'avais besoin de tellement plus qu'une petite égratignure. J'avais besoin de ressentir quelque chose de réel.

– Le fouet, ai-je exigé à nouveau.

Aiden a parcouru l'assortiment d'instruments sur le mur et a porté son choix sur un chat à neuf queues. Il a taquiné mon corps avant d'administrer un léger coup sur mes fesses.

Cela ne suffisait pas.

– Plus fort, ai-je ordonné.

– Avec plaisir, a-t-il répondu, avec une lueur diabolique dans les yeux.

À nouveau, le fouet a rencontré ma chair. Cette fois, cela a piqué, mais mon corps en réclamait toujours plus.

–PLUS FORT! ai-je hurlé.

Alors qu'il abattait le fouet encore une fois, j'ai grimacé.

Qu'est-ce que j'étais en train de faire?

Cela n'était pas bien... ce n'était pas moi...

Et ce n'était pas Aiden non plus.

Qu'est-ce qui se passait dans mon esprit?

Mes désirs avaient changé. Je ne voulais plus de tout ça.

–Aiden, stop, ai-je dit, me débattant dans les attaches où je m'étais moi-même placée.

Mais il ne s'arrêtait pas. Il a abattu le fouet une fois de plus. Et encore.

–Aiden. Écoute-moi!

–Non, on ne peut pas s'arrêter.

Shlack.

–Il faut qu'on continue.

Shlack.

–Il faut qu'on sache.

Shlack.

J'ai tordu le cou pour pouvoir regarder Aiden et je ne l'ai pas reconnu.

Il avait l'air si intense et déterminé, et ses lèvres étaient recourbées en un sourire perturbant.

Il aimait ça.

–Ne lutte pas, a-t-il crié.

J'ai senti quelque chose hurler en moi. Ma louve intérieure. Elle était de plus en plus bruyante jusqu'à noyer tout autre son.

La pièce a commencé à tournoyer. Puis tout a disparu.

***

–Putain, qu'est-ce que c'était que ça? ai-je demandé, projetée à nouveau dans la réalité.

Je me suis levée et j'ai reculé pour m'éloigner de Konstantin.

– Sienna, du calme. Je comprends que vous soyez bouleversée, mais ce n'était pas réel. Tout était dans votre tête, là où vous êtes la seule à avoir le contrôle, a affirmé Konstantin en levant les mains pour me donner de l'espace.

– Ce n'est pas ce que j'ai ressenti.

– C'était juste la façon qu'a eue votre esprit de vous demander de vous soumettre. Si vous souhaitez découvrir ce que recèlent les tréfonds de votre subconscient, il va falloir vous abandonner aux épreuves que vous vous imposez, même si cela vous semble fou.

J'ai secoué la tête, ne voulant plus rien entendre.

– Il… il s'est transformé en quelque chose de… diabolique, ai-je dit, les larmes me montant aux yeux. Je ne le reconnaissais même plus.

– Votre compagnon ? a demandé Konstantin. Ce n'était que votre imagination.

– C'est fini, j'arrête.

– Sienna, nous sommes si proches, je le sens.

– Non, j'en suis incapable.

Konstantin m'avait avertie que cela pourrait se révéler intense, mais ce que je venais d'expérimenter était d'un tout autre niveau. Je n'étais pas faite pour ça.

J'ai attrapé mon manteau et j'ai couru vers l'ascenseur, écrasant le bouton d'appel jusqu'à ce que la porte s'ouvre.

– Sienna, ne fuyez pas à nouveau, a appelé Konstantin, derrière moi.

L'ascenseur s'est refermé sur moi, et j'ai fait le vœu de ne plus jamais remettre un pied en thérapie.

***

Konstantin : Sienna, je suis inquiet pour vous.
Konstantin : Cela fait trois jours.
Konstantin : Si vous ne revenez pas, tout notre progrès sera anéanti.

Konstantin : Je comprends que vous vous soyez sentie vulnérable.
Konstantin : Mais c'est ce que l'on ressent quand on approche de la vérité.
Konstantin : N'abandonnez pas maintenant.

J'ai regardé le flot de messages et les ai ignorés, tout comme les jours précédents. Je savais qu'il avait raison, mais je ne parvenais pas à me convaincre d'y retourner.

Peut-être n'étais-je pas une dominante aussi forte que je le croyais...

Mes sessions m'avaient plus épuisée que je l'avais prévu. Elles m'avaient privé de mon énergie, de ma libido, de mon appétit, et les avaient remplacés par de la mélancolie.

J'étais restée au lit presque tout le temps, pour me remettre. Aiden avait même demandé à Jocelyn de me rendre visite, mais elle n'avait rien trouvé qui clochait chez moi. Je ne pouvais pas vraiment lui expliquer que j'étais dans une sorte de gueule de bois de l'esprit.

J'ai entendu un petit coup sur la porte, Aiden est entré et s'est assis sur le lit.

– Tu te sens mieux, aujourd'hui ?

J'ai souri :

– Je me sens très bien.

– Tant mieux, parce que j'ai une surprise pour toi, a-t-il annoncé en m'adressant un sourire de loup.

Aiden

– Où est-ce que tu m'emmènes ? a demandé Sienna alors que je la guidais à travers les bois. Tu ne dois pas travailler ce soir ?

Le travail, je m'y étais noyé ces jours-ci. Et la santé de Sienna en avait pâti. Je ne l'avais jamais sentie aussi distante de moi émotionnellement.

Cela m'avait fait me sentir putain de faible de n'avoir pas été là pour elle si bien qu'elle avait dû s'en remettre à la thérapie.

Je savais que ce devait être ma faute et, avec un peu de chance, cette sortie nous donnerait l'occasion de nous reconnecter.

–Techniquement, je suis en train de travailler, et toi aussi, ai-je dit. Nous patrouillons.

–Qu'est-ce que tu veux dire ? a-t-elle demandé, perplexe. Ce n'est pas une mission réservée à ton Bêta et toi ?

–Généralement oui, mais j'avais envie de le faire avec toi. Je veux t'impliquer davantage dans mon travail.

À ma grande surprise, Sienna a commencé à ôter ses vêtements. Elle s'est retournée et m'a adressé un sourire.

–Eh bien, on devrait s'y mettre alors. Enlève ce pantalon.

Personne n'avait à me demander deux fois de me déshabiller. J'adorais la sensation de me libérer de mes vêtements juste avant de me transformer.

Alors que j'observais Sienna en train de se défaire de ses sous-vêtements, tout à fait à l'aise, j'ai commencé à être excité.

Elle n'était plus aussi pudique qu'un an auparavant. Maintenant, elle avait pleinement confiance en elle, et c'était diablement sexy.

Elle s'est retournée et m'a laissé admirer l'intégralité de sa silhouette sous le clair de lune. Sa peau laiteuse. Ses seins parfaits et ses tétons roses.

Elle s'est mise à rire en s'apercevant à quel point j'étais excité.

–Je pensais que tu avais dit que c'était une patrouille ? Ou est-ce que tu pointes dans la direction où nous devons aller ?

Nous nous sommes tous les deux transformés et avons commencé à communiquer par notre lien mental.

Essaie de me suivre.

Avant que j'aie pu cligner des yeux, Sienna a fusé entre les arbres.

Qu'est-ce que tu disais ?

Très bien, si c'était comme ça qu'elle voulait le jouer…

J'ai couru derrière elle, la rattrapant et claquant des dents vers ses pattes arrière, mais elle avait toujours une tête d'avance.

Elle était plus rapide qu'avant, bien plus rapide.

Je me suis souvenu de notre première course tandis que nous zigzaguions à travers la forêt. Je n'avais jamais oublié cette chasse exaltante. Comment Sienna m'avait fait la poursuivre pendant des heures.

Maintenant, nous courions côte à côte, de véritables compagnons Alphas, et c'était parfait.

Sans prévenir, Sienna m'a taclé de tout son poids et j'ai perdu pied, roulant tout en bas d'une colline et atterrissant dans la rivière avec un grand « splash ». J'ai été immergé pendant un moment dans l'eau paisible, et j'ai vu Sienna au-dessus de moi, qui me regardait.

Ma tête est réapparue à la surface et j'ai nagé jusqu'à la rive.

Qu'est-ce que c'était que ça? ai-je grogné.

Sienna s'est transformée à nouveau et a commencé à rire de manière incontrôlée.

–Ma vengeance. Pour notre première course.

J'ai secoué ma fourrure mouillée avant de me transformer à nouveau également.

–Hé, tu m'as toute mouillée!

–Oh non, pas encore, ai-je affirmé en la soulevant et la plaquant contre un arbre. Mais bientôt!

Nous avons commencé à nous embrasser et à nous mordre tels des animaux tandis qu'elle enroulait ses jambes autour de mes hanches. Ma queue était pressée tout contre son sexe, la faisant gémir, et cela me rendait dingue.

Je me sentais Frénétique comme pas possible, et tout ce que je désirais, c'était qu'elle soit dans le même état que moi.

–Tu l'es? je lui ai lancé, avec un regard plein d'espoir.

Sienna m'a plaqué sur le sol et a commencé à me chevaucher sans une once d'hésitation.

–Je le suis, a-t-elle affirmé avec un sourire en coin.

Mon Dieu, c'était si bon! Elle savait exactement comment bouger quand elle était sur moi.

–Aiden… oui! a-t-elle crié.

Elle s'est balancée d'avant en arrière sur ma bite, en total contrôle de la situation. J'ai enfoncé mes doigts dans le sol tandis qu'elle glissait sur mon membre avec précision.

Putain oui!

Ah ça, pour être Frénétique, elle l'était. Et j'allais bien en profiter…

Toute la nuit.

Jocelyn

Nina ne progressait pas comme je l'aurais espéré. Les loups-garous sont censés guérir bien plus vite que les humains, mais les blessures de Nina me laissaient perplexe.

De l'extérieur, les bleus et les coupures semblaient horriblement douloureux, mais quelque chose clochait. Je m'étais rapprochée de Nina jour après jour, mais je ne pouvais pas m'empêcher de penser qu'elle n'était pas totalement honnête avec moi.

Il y avait une façon – une technique risquée de guérisseuse – qui pourrait m'aider à découvrir la vérité…

–À quoi est-ce que tu penses ? a demandé Nina en boitant doucement vers moi.

–Je réfléchis à comment accélérer ta guérison, ai-je souri, mais Nina ne m'a pas rendu la pareille.

–Oh, je vois, tu en as déjà marre de moi…

–Non, ce n'est pas du tout ça. C'est juste que je veux que tu ailles mieux, ai-je tenté de la rassurer. Je sens que je n'ai pas fait tout ce qui était possible, encore.

J'ai aidé Nina à s'asseoir en face de moi et j'ai pris ses mains dans les miennes.

–J'aimerais tenter quelque chose de nouveau, si tu me le permets.

Nina a eu un petit sourire intéressé.

–Je suis toujours partante pour de nouvelles expériences.

Merde, c'était peut-être la pire idée que j'aie jamais eue, mais je devais savoir.

Il y avait une ancienne technique qui permettait aux guérisseurs d'absorber la douleur d'un autre loup dans leur propre corps. C'était dangereux, mais elle était vraiment blessée cela pouvait changer la donne, et si elle ne l'était pas…

J'ai placé mes deux mains sur sa jambe cassée et j'ai concentré toute mon énergie sur sa blessure. Ensuite, j'ai inversé le flux de son énergie pour qu'il pénètre mon propre corps. Les veines de mes bras ont commencé à s'illuminer et je me suis accrochée dans l'attente de la douleur horrible que je m'apprêtais à recevoir, mais…

Rien.

Aucune douleur.

J'ai regardé Nina, laissant pointer la trahison dans mon regard.

– Tu m'as menti, ai-je déclaré, choquée. Tu n'es même pas blessée. Tu ne ressens aucune douleur.

– Qu'est-ce que tu veux dire ? Bien sûr que je suis…

– Non, plus de mensonges, Nina. Tu ne ferais qu'aggraver les choses. Je peux sentir ce qui se passe en toi.

– Merde, Jocelyn. Je… Je voulais t'en parler, a-t-elle affirmé, ses yeux s'écarquillant. S'il te plaît, je t'en supplie, ne me déteste pas.

À propos de quoi d'autre mentait-elle ? Pourquoi était-elle ici ?

– Tu dois partir, ai-je dit, les larmes commençant à couler sur mon visage. Pars, avant que je prévienne Aiden.

– Jocelyn, s'il te plaît, écoute-moi, a-t-elle crié, mais j'attrapais déjà mon téléphone.

Nina a plongé vers moi et j'ai lâché prise, fermant les yeux, mais quand j'ai senti ses lèvres se poser sur les miennes, je me suis immobilisée.

Qu… qu'est-ce qui se passait ?

Pourquoi est-ce que je la laissais faire ?

Lorsque ses lèvres douces se sont posées sur les miennes, j'ai senti une vague d'émotion me parcourir. Au lieu de m'éloigner, je me suis penchée vers elle et elle m'a embrassée encore plus fort.

Toute la colère que j'avais pu ressentir quelques instants auparavant s'était envolée.

J'ai ouvert les yeux pour découvrir que Nina avait elle aussi les larmes aux yeux.

– C'est pour ça que je ne t'ai pas dit que j'avais déjà guéri, a-t-elle expliqué, en plaçant sa main sur mon visage. Je ne voulais pas que tu me chasses. Pas avant que j'aie eu l'occasion de te dire ce que je ressentais vraiment. Il y a une connexion entre nous. Elle est forte. Est-ce que tu la sens, toi aussi ?

– Oui, ai-je répondu, en essuyant mes larmes. Je la sens aussi.

ÉPISODE 22

INSÉCURITÉS

Sienna

À force de passer du temps loin de Konstantin, ma Frénésie était au maximum et Aiden et moi étions plus proches que nous ne l'avions été depuis des semaines.

Les questions au sujet de mes parents me taraudaient toujours, mais mon esprit avait été si embrouillé que j'avais besoin de me remettre les idées en place si j'espérais un jour prendre des décisions rationnelles à nouveau. Si mes parents étaient quelque part, je trouverais un moyen de les localiser, un moyen qui n'impliquerait pas de gymnastique mentale.

De toute évidence, mon esprit n'était pas assez souple, peu importait combien je désirais obtenir des réponses.

Konstantin avait fait de son mieux, mais j'étais juste incapable de poursuivre.

Aiden a pivoté sur sa chaise de bureau et m'a entourée de ses bras, me faisant asseoir sur ses cuisses.

–Qu'est-ce qu'on fait aujourd'hui ? a demandé Aiden. Une sortie en amoureux ?

–Aiden, c'est la première fois que je viens au bureau de toute la semaine, je ne peux pas aller et venir à ma guise. Les gens vont commencer à penser que je bénéficie d'un traitement privilégié.

–Tu es la compagne de l'Alpha. Bien sûr que tu reçois un traitement privilégié. En fait, je pense même que je vais te le donner dès maintenant, a-t-il dit en glissant sa main sous ma jupe.

–Allez, Aiden, pas maintenant. J'ai tellement de paperasse à remplir… ai-je protesté, sans pour autant faire d'efforts pour l'empêcher de me retirer mes sous-vêtements.

–Il y a quelque chose d'autre qui attend d'être rempli juste ici, a-t-il grogné, plongeant doucement ses doigts dans mon sexe.

Merde, c'était si bon, et ma Frénésie venait de s'animer, amplifiant la sensation.

Il commençait à faire si chaud dans le bureau d'Aiden que j'ai déboutonné mon haut, révélant mon soutien-gorge en dentelle. J'ai lancé un regard d'approbation à mon compagnon et, d'un mouvement rapide, il a balancé tout ce qui se trouvait sur son bureau pour m'y placer sur le dos.

Aiden s'est penché sur moi et a commencé à enlever son pantalon, prêt à assouvir son fantasme, mais j'en avais un aussi.

–Attends, me suis-je exclamée. Je veux essayer quelque chose.

J'ai retourné Aiden et je suis montée sur lui, le chevauchant, sentant ma dominance surgir de tout mon être.

En me penchant aussi près que possible de son oreille, j'ai murmuré…

–C'est moi la patronne.

Michelle

–C'est scandaleux, ai-je crié en faisant les cent pas dans le bureau de Josh. Comment a-t-il pu te faire ça ?

Josh s'est contenté de secouer la tête.

–Il l'a emmenée en patrouille quasiment tous les soirs de cette semaine. C'était *notre* activité.

OK, je devais admettre que l'auto-apitoiement de Josh par rapport à son meilleur ami et ses jérémiades n'avaient rien de sexy... Mais j'avais mes propres reproches envers Sienna. Et maintenant, elle interférait aussi dans le boulot de mon compagnon ? Il n'était pas question que ça continue.

–Josh, tu dois avoir une discussion avec Aiden aujourd'hui. Tu es son Bêta, pas Sienna, et tu as fait d'énormes efforts pour prouver ta valeur. Tu mérites mieux.

–Très bien, je le ferai... si toi, de ton côté, tu acceptes de parler à Sienna et que tu arrêtes d'être si passive-agressive, a déclaré Josh en croisant les bras.

–Je ne suis pas passive-agressive, ai-je persiflé.

Je devais admettre que j'avais envie que les choses s'arrangent entre Sienna et moi, mais je voulais qu'elle fasse le premier pas. Elle m'avait à peine adressé la parole, ces dernières semaines. Parfois je me demandais si je n'étais pas un peu injuste, mais cela me heurtait vraiment de voir mon amie de toujours s'éloigner de plus en plus de moi.

Un énorme bruit a retenti dans le bureau d'Aiden qui se situait juste à côté et m'a fait sortir de mes pensées, Josh s'est aussitôt mis debout.

–Est-ce qu'on est attaqués ? a-t-il crié, arrachant sa chemise, prêt à se transformer.

Des gémissements et des grognements ont commencé à nous parvenir à travers les murs fins comme du papier.

Ma bouche s'est ouverte.

–Attends une putain de seconde... est-ce qu'ils...

« *Aiden !* »

« *Oh, Aiden !* »

« *Oui. Oui. Oui.* »

« *AIDEN !* »

–Josh, on doit baiser plus fort qu'eux ! ai-je hurlé.

OK, peut-être bien que j'étais un peu passive-agressive.

J'ai plaqué Josh contre le mur et j'ai baissé son pantalon.

C'était une bonne chose qu'il soit littéralement toujours prêt à l'action. J'ai saisi son visage et l'ai regardé profondément dans les yeux.

–Je veux que tu me fasses crier.

–Avec plaisir, a-t-il dit en déchirant ma chemise pour que mes seins jaillissent au niveau de son visage.

J'ai commencé à gémir aussi fort que possible, juste contre le mur adjacent au bureau d'Aiden.

–Michelle, je ne suis pas encore en toi, a dit Josh, confus.

–Eh bien, dépêche-toi, alors! ai-je hurlé, impatiente.

Est-ce qu'il ne comprenait vraiment pas ce qu'on cherchait à faire? Heureusement pour lui qu'il était mignon…

J'ai enfoncé mes ongles dans les abdos en acier de Josh tandis qu'il allait et venait en moi. C'était époustouflant.

Qui aurait cru qu'une baise de compétition sous l'emprise de la Frénésie serait aussi formidable?

***

À bout de souffle, j'ai quitté le bureau de Josh, à l'exact moment où Sienna est sortie de celui d'Aiden.

–Parfait, ai-je marmonné pour moi-même.

–Oh, euh… Michelle, salut, a balbutié Sienna.

On s'est toutes les deux regardées de la tête aux pieds en rougissant. On était dans un sale état, échevelées, les vêtements déchirés, essoufflées. J'ai réalisé que mes sous-vêtements pendaient de la poche de ma veste et j'ai tenté de les cacher le plus discrètement possible. Sienna a ajusté la bretelle de son soutien-gorge qui était exposée en raison de l'absence de nombreux boutons sur son haut.

Avant que je comprenne ce qui se passait, Sienna a éclaté de rire et je l'ai imitée.

–C'est tellement gênant, ai-je dit en riant, les larmes aux yeux.

–C'est vraiment pour ça que tu es ma meilleure amie, a répondu Sienna.

Ces mots ont résonné en mon for intérieur.

Peut-être que Josh avait raison, je devrais juste lui parler…

–Hé, est-ce que ça te dirait qu'on aille…

Le téléphone de Sienna a vibré et elle l'a regardé en poussant un gros soupir.

–Si, qu'est-ce qui se passe? ai-je demandé en tendant la main pour lui toucher l'épaule, mais elle s'est dégagée.

–Désolée, ce n'est rien. Juste un truc avec un client. C'est moi qui en fais des tonnes, a affirmé Sienna en farfouillant dans son sac pour mettre la main sur ses clés. Il faut que j'aille à la galerie.

Quelque chose clochait clairement.

Sans même me dire au revoir, Sienna est montée dans l'ascenseur, les yeux rivés à son téléphone.

J'ai jeté un coup d'œil vers les escaliers. J'en avais ras le bol des secrets. J'allais découvrir la vérité, que Sienna ait envie de se confier à moi ou non.

***

Konstantin: Sienna, avez-vous eu le temps de réfléchir à ce que je vous ai dit?
Konstantin: Vous étiez si proche d'une révélation.
Konstantin: Je ne veux pas que vous abandonniez tous ces beaux progrès.
Sienna: Je ne pense pas poursuivre nos séances.
Sienna: Ce n'est pas sain pour moi.
Sienna: Il doit exister un autre moyen.
Konstantin: Affronter vos peurs est la seule solution.
Konstantin: Vous ne pouvez pas continuer à fuir.
Konstantin: Je vous promets que si vous revenez…
Konstantin: Je ferai tout mon possible pour vous aider à trouver les réponses que vous cherchez.
Sienna: Je ne sais pas si je suis assez forte…
Konstantin: Vous l'êtes.
Konstantin: Croyez-moi.

Sienna : OK…
Sienna : Je vais essayer à nouveau. Mais juste une fois.
Konstantin : C'est tout ce dont vous aurez besoin.

Josh

J'ai frappé à la porte d'Aiden et suis entré. Tout ce qui se trouvait sur son bureau était maintenant éparpillé sur le sol, et une odeur de sexe flottait dans l'air.

Il n'avait même pas pris la peine de remettre sa chemise et sa cravate pendait autour de son cou.

Au moins, il va être de bonne humeur, vu qu'il vient de tirer un coup.

– Hé, est-ce qu'on pourrait parler ? ai-je demandé en hésitant.

Ces moments avec Aiden étaient toujours étranges. Je ne savais pas si je devais lui toper dans la main ou faire la révérence et l'appeler *« mon Alpha »*.

Mon amitié avec Aiden avait débuté bien avant qu'il devienne l'Alpha de la côte Est, mais à la Maison de la Meute, la frontière entre notre amitié et notre relation professionnelle avait toujours été plutôt floue.

– On a tous les deux eu des après-midi productives à ce que je vois, a souri Aiden.

– Ouais, on peut dire ça, ai-je répondu en me grattant l'arrière de la tête. C'est justement de ça que je voulais te parler, de ma productivité.

– Quoi ? Tu vas me dire que tu as trop de boulot ? s'est mis à rire Aiden. Parce qu'à ce que j'ai entendu, Michelle t'a bien occupé.

– Tu as fait de Sienna ta nouvelle Bêta, ai-je crié, incapable de garder ça pour moi plus longtemps.

Aiden a eu l'air choqué.

Il ne s'y attendait clairement pas.

– Est-ce que c'est à propos des patrouilles ? a demandé Aiden.

– Des patrouilles oui, mais pas seulement. Je me sens absolument inutile quand je viens bosser et que je vois toutes les tâches qui m'incombaient être redirigées vers Sienna.

–Josh, à dire vrai, j'ai essayé d'impliquer Sienna un peu plus dans ma vie professionnelle parce que je la trouvais distante ces derniers temps. Mais c'est aussi un grand atout pour la Maison de la Meute.

–C'est juste que j'ai bossé dur pour te montrer que je suis toujours dévoué à la meute et à toi.

–Je sais, Josh, et j'apprécie tes efforts. Mais après ce qui s'est passé au festival, j'ai besoin de prouver à ces bigots qu'ils ont tort et que Sienna peut briller quand on lui en donne l'occasion.

Il a soupiré profondément et s'est rassis sur son fauteuil.

–Avec Sienna, je commence à entrevoir un nouveau chemin pour la meute, un chemin que je n'aurais jamais découvert par moi-même.

–D'accord, mais quelle est ma place dans cette nouvelle vision de l'avenir ? ai-je demandé.

Il y a eu un silence tendu entre nous.

Peu importe qu'Aiden m'ait pardonné ou pas, les choses étaient différentes à présent. Et c'était difficile à accepter.

Michelle

Toutes ces courses en compagnie d'Aiden avaient dû muscler les mollets de Sienna, parce que les miens étaient en feu à force de la suivre.

Ma meilleure amie cachait manifestement des secrets. Non seulement elle ne s'était pas rendue à la galerie mais, en plus, elle avait appelé un taxi au lieu de faire appel au chauffeur d'Aiden. Et maintenant, je la regardais entrer dans l'hôtel le plus cher de tout le centre-ville, essayant de se la jouer incognito.

Heureusement que ma filature touchait à sa fin, parce que je n'étais définitivement pas faite pour ces conneries.

Je me suis accroupie derrière une chaise dans le lobby et je l'ai regardée prendre l'ascenseur. Je pourrais au moins apercevoir à quel étage cette petite garce se rendait…

–Oh merde, ai-je murmuré pour moi-même quand j'ai vu la lumière s'arrêter au penthouse.

Pourquoi donc est-ce qu'elle rencontrait quelqu'un dans un hôtel. À moins que…

Sienna

Je pouvais à peine contenir mon anxiété en attendant l'ascenseur à l'hôtel de Konstantin. J'allais finalement obtenir les réponses que j'avais tant cherchées.

J'ai fermé les yeux et j'ai pris une profonde inspiration.

J'allais enfin savoir d'où je venais.

De qui je venais.

Et je pourrais enfin leur demander en face pourquoi ils m'avaient abandonnée…

Même si c'était douloureux, il fallait que je sache… Que je sache pourquoi je n'étais pas assez bien pour eux.

ÉPISODE 23

LYRISME

Aiden

Le bal de Yule n'étant plus que dans quelques jours, j'étais à nouveau coincé au bureau tard dans la soirée. Ma seule consolation était de n'avoir aucun invité surprise à gérer cette fois-ci. L'Alpha du Millénaire resterait sur la côte Ouest pour les festivités de cette année.

Sienna m'avait écrit pour me dire qu'elle se rendait à une session de thérapie puis à la galerie, ce qui me faisait me sentir moins coupable, mais je ne voulais pas que cela devienne le rythme de nos vies, tous les deux travaillant tard à deux endroits opposés de la ville.

Ce que Josh m'avait dit un peu plus tôt me pesait encore. C'était déstabilisant de voir mon ami, d'ordinaire si insouciant, être si préoccupé, et même si je ne voulais pas l'admettre, ce qu'il avait dit faisait sens, en grande partie. Il y avait une énergie nocive dans l'air depuis quelques semaines. Ce n'était pas quelque chose que je pouvais sentir ou voir, mais que je percevais dans mes os. Et cela affectait tous les gens qui m'étaient proches.

Peut-être que le bal de Yule suffirait à sortir tout le monde de sa torpeur. Ou peut-être qu'il serait un désastre encore pire que celui de l'année dernière.

Une chose était certaine, cependant : Sienna allait être magnifique.

Sous mon bureau, j'ai récupéré une boîte contenant une robe que Selena avait conçue exclusivement pour que Sienna fasse ses débuts à mes côtés en tant que compagne. Je n'y connaissais strictement rien en matière de robes, mais Selena m'avait assuré qu'elle l'adorerait.

Alors que j'éteignais les lumières de mon bureau, je me suis souvenu que Sienna était partie en trombe, tout à l'heure.

Je ferais mieux de m'assurer qu'elle n'a rien laissé derrière elle.

***

– J'ai besoin de plus de temps.

En m'approchant du bureau de Sienna, j'ai remarqué que sa porte était entrouverte malgré les lumières éteintes. Quelqu'un était à l'intérieur et discutait, mais je ne pouvais entendre qu'une seule voix, et ce n'était pas celle de ma compagne.

J'ai sorti mes griffes et me suis glissé silencieusement contre la porte pour tendre l'oreille.

– Ça ne faisait pas partie du marché… Fais ton sale boulot toi-même… S'il te plaît… Il doit y avoir un autre moyen… Je comprends.

Cela ne faisait aucun sens. Il était temps d'y mettre un terme.

J'ai poussé la porte pour trouver Nina, debout, seule au milieu de la pièce. Surprise, elle s'est retournée pour me regarder.

– Qu'est-ce que tu fiches dans le bureau de ma compagne, louve Oméga ? ai-je grogné.

– J'ai dû… avoir une crise de somnambulisme, a-t-elle bredouillé.

– À qui parlais-tu ? Qui d'autre est ici ?

J'ai reniflé l'air autour de moi, mais la seule odeur que j'ai perçue était celle de Nina.

– Je vous jure, j'ignore comment je suis arrivée ici, a-t-elle dit en commençant à trembler.

– Conneries, ai-je craché en me mettant à décrire des cercles autour d'elle. Tu es une voleuse. Alors qu'es-tu venue voler ici ?

– J'ai fait des erreurs dans ma vie, mais ce n'est plus ce que je suis, a-t-elle affirmé, en pleurant.

Je ne crois pas une seule putain de seconde à ces larmes de crocodile.

– De quelle meute as-tu été exilée ?

– Celle de Colombie, a-t-elle révélé. Vous ne savez pas… vous ne savez pas comment c'était là-bas. Si j'ai volé, c'était pour survivre.

Je doutais que ce soit une coïncidence si elle avait opté pour la meute la plus éloignée et la plus isolée possible. Vérifier son histoire m'aurait pris une semaine.

– Retourne dans tes quartiers, ai-je grogné. Mais ne te détends pas trop. Tu ne seras plus ici très longtemps.

Alors qu'elle boitillait pour sortir du bureau de Sienna, elle s'est tournée vers moi.

– Je suis désolée d'être un tel fardeau, mon Alpha.

– Je ne suis pas ton Alpha, ai-je craché. Tu as peut-être retourné la tête de Jocelyn, mais moi, je vois clair dans ton petit jeu.

Sienna

Une fois encore, je me retrouvais assise en face de Konstantin et de son regard perçant, même si je m'étais promis que cela n'arriverait plus.

Il connaissait mes peurs les plus profondes.

Mes regrets les plus intenses.

Mes désirs les plus fous.

C'était une situation inégale, et je ne m'étais jamais sentie aussi vulnérable que lors de ces séances, mais si ce qu'il m'avait dit était vrai, j'allais finalement découvrir qui étaient mes parents.

– Êtes-vous prête à entrer dans vos souvenirs ? m'a-t-il demandé.

– Non, mais allons-y avant que je change d'avis, ai-je soupiré. Si je vous donne accès à mes souvenirs, ce sera la dernière fois.

– Oui, je suis en mesure de vous le promettre. Je sais à quel point cela est épuisant pour vous.

Konstantin s'est penché et m'a pris les mains.

– Très bien, découvrons la vérité…

J'ai commencé à dériver hors de ma conscience.

– … ensemble

***

Cette fois, j'étais dans un opéra italien, un théâtre de la taille du Colisée.

J'étais dans une loge qui surplombait le spectacle qui se déroulait sur scène.

Un chasseur, dans un paysage hivernal, se tenait au-dessus de sa proie, beuglant une flopée de mots mélodiques que je ne parvenais pas à comprendre.

Le symbolisme, lui, était douloureusement clair. La proie de ce chasseur ?

Un loup mort, saignant d'une blessure au flanc.

Mon cerveau n'était pas subtil.

J'ai senti ma louve intérieure fulminer. Elle m'avait sauvée la dernière fois que je m'étais perdue dans mon propre esprit, peut-être me protégerait-elle une fois de plus.

J'ai utilisé mes jumelles de poche pour scruter la foule à la recherche d'Aiden. Je l'ai repéré au niveau du premier rang, il se dirigeait vers les coulisses. J'ai soulevé ma magnifique robe de bal et j'ai couru dans les escaliers le tissu traînant derrière moi. Plus je m'approchais de la scène, plus je commençais à sentir la Frénésie.

Dépasse-la, Sienna. Souviens-toi que ce n'est pas réel.

Tandis que j'essayais de me convaincre que ce n'était que mon imagination, le plaisir écrasant qui faisait enfler mon sexe me hurlait le contraire. J'avais besoin d'être touchée, maintenant.

Derrière la scène, j'ai dépassé des rangées d'accessoires et de costumes complexes, à la recherche d'Aiden. Il est apparu derrière un rideau, portant un demi-masque doré.

– Ton esprit te guide toujours vers moi, encore et encore, a-t-il dit avec douceur. Tu sais ce que tu veux, ce qui doit se passer.

Aiden a claqué des doigts et le rideau en velours est tombé, nous laissant sur scène, exposés aux regards d'un millier de personnes.

Les acteurs étaient partis, il ne restait que nous.

Ma louve intérieure a essayé de hurler, comme pour m'alerter de quelque chose, mais l'orchestre s'est mis à jouer et je n'ai plus pu l'entendre.

Aiden a tendu la main, et nous avons commencé à danser, la neige tombait du plafond et recouvrait la scène. J'étais dans une sorte de transe, sans contrôle sur mon propre corps, mais cela ressemblait à une charmante berceuse. Je ne voulais pas que cela s'arrête.

Avant que je comprenne ce qui se passait…

Nous nous embrassions.

Sous les projecteurs.

Dans la neige.

Avec des milliers d'yeux braqués sur nous.

C'était magique.

– Tu es vraiment magnifique, Sienna. Maintenant, laisse-moi entrer dans ce si bel esprit.

Aiden m'a délicatement posée sur des fourrures sombres au milieu de la scène et j'ai laissé courir mes doigts sur leur douceur.

– Est-ce réel? ai-je demandé, plongeant encore plus loin dans mon subconscient. On dirait un rêve.

– Oui, ma chère, c'est juste un rêve, m'a cajolée Aiden en défaisant les boutons de son pantalon et en se positionnant juste au-dessus de moi.

Il a commencé à m'embrasser dans le cou, mais c'était étrange.

– Laisse-moi entrer.

Je ne le voulais pas.

Il n'était pas comme Aiden. Son contact me paraissait étranger. Cela ne pouvait être ce que je désirais, Frénésie ou pas. J'ai tourné la tête pour éviter ses baisers et… Oh, mon Dieu. J'ai crié le plus fort possible. J'étais allongée sur une peau de loup. Celle d'Aiden. Sa langue pendait de manière grotesque de sa gueule et ses yeux morts me regardaient, vides. Quand je me suis à nouveau tournée vers Aiden, mon sang s'est glacé. Mon cœur a plongé dans le trou noir infini, au creux de mon ventre.

Ce n'était plus Aiden, allongé sur moi… C'était Konstantin. Ses crocs étaient sortis et il s'avançait vers mon cou.

– Donne-moi ce que je désire, a-t-il dit d'un ton furieux et inquiétant.

Je me suis débattue sous lui, mais il me maintenait fermement.

– Arrêtez ! ai-je crié. Pourquoi faites-vous cela ?

– Laisse-moi entrer, a-t-il hurlé. Et tout sera terminé.

– Éloignez-vous de moi, ai-je rugi.

Je me suis transformée et j'ai sauté sur Konstantin, enfonçant profondément mes crocs dans son épaule. Quand il a crié, nous n'avons pas été seulement projetés en l'air. Nous étions en train de tomber dans ce qui paraissait être un ouragan.

J'avais rompu notre lien.

***

Aussitôt que je suis revenue à la réalité, j'ai sorti mes griffes et j'ai attaqué Konstantin.

– Salope, c'est mon visage, a-t-il hurlé.

J'aurais dû viser plus bas, entre ses jambes…

– Tout ce temps, c'était vous ! ai-je dit, la voix tremblante. Mon esprit n'a jamais créé Aiden. C'était vous.

Je ne m'étais jamais sentie aussi profondément trahie. Ma tête tournait et j'avais la nausée.

– Vous n'avez fait que m'utiliser.

Konstantin a avancé d'un pas, j'ai aussitôt reculé.

– Pourquoi ? ai-je demandé, des larmes perlant à mes yeux.

– Parce que vous avez quelque chose que je désire, a-t-il répliqué. Tout au fond de votre esprit.

Sa voix et son attitude avaient diamétralement changé, j'ai su que je n'étais plus en sécurité ici. J'ai couru vers l'ascenseur, il a essayé de me suivre.

– Vous ne savez pas ce que vous faites.

– C'est parce que vous avez joué avec mon esprit, vous m'avez manipulée, ai-je hurlé en me transformant à moitié.

Les coutures de ma robe ont commencé à céder. Alors que Konstantin se dirigeait vers moi, j'ai poussé un hurlement qui a suffi à lui faire perdre l'équilibre.

Comment ai-je pu faire une chose pareille ?

Même Aiden n'était pas capable de faire tomber quelqu'un.

– Ne vous approchez plus jamais de moi, ai-je dit.

Maintenant, les larmes coulaient librement sur mes joues.

Alors que les portes de l'ascenseur étaient sur le point de se refermer, j'ai vu le visage habituellement magnifique de Konstantin se contorsionner en une immonde grimace, remplie de haine.

Michelle

Ah enfin, la voilà !

J'étais sur le point de m'endormir en attendant de piéger Sienna, mais j'ai sursauté en la voyant sortir de l'ascenseur en courant.

Pourquoi est-ce qu'elle court ?

Est-ce… est-ce qu'elle pleure ?

Elle m'a dépassée sans même me remarquer…

Un très bel homme à l'air distingué s'est précipité hors de l'ascenseur immédiatement après elle, essuyant du sang de sa bouche et cherchant quelqu'un dans le lobby, une rage folle dans le regard.

Qu'est-ce que c'est que ce bordel ?

Ce n'était pas difficile de comprendre la situation. Je me fichais bien des problèmes que je pouvais avoir avec Sienna.

Ce type s'en était pris à ma meilleure amie et il allait le regretter. J'ai marché dans sa direction de l'homme, toutes griffes dehors, prête à l'attaque.

Il m'a regardée de haut en bas avec un sourire séducteur.

– Qui avons-nous là ?

– Qu'est-ce que tu as fait à Sienna ? ai-je grogné.

– Qu'est-ce que ça peut te faire ? a-t-il demandé, amusé.

– C'est ma meilleure amie, connard ! Maintenant dis-moi pourquoi tu l'as fait pleurer ou c'est toi qui vas fondre en larmes comme une fillette.

Il m'a souri calmement et a enfoncé ses ongles dans mon épaule, me lançant un regard hypnotique.

– Pourquoi est-ce que je ne te montrerais pas, plutôt ?

ÉPISODE 24

LE RAZ-DE-MARÉE DE YULE

Sienna

– Sienna, par ici !

– Non, par ici, Madame Norwood !

– Cette robe est magnifique. Quelle est la marque ?

– Un petit sourire !

Un sourire.

Le tapis rouge s'étendait devant moi, il me paraissait faire des millions de kilomètres.

Des flashes aveuglants, des questions déplacées, des spectateurs aux regards avides. Tout cela, je pouvais le gérer. Mais sourire me semblait impossible, en ce moment.

Ce qui s'était passé avec Konstantin me dévorait de l'intérieur, sa présence pesait toujours dans mon esprit. Il m'avait utilisée.

Pour quoi, je n'en étais pas sûre, mais il était puissant et il avait exercé sur moi un contrôle que je n'avais pas du tout vu venir.

Je devais dire à Aiden ce qui s'était passé, mais le bal de Yule n'était pas l'endroit pour ça. Ou alors si, mais j'avais trop peur de revivre les événements…

Aiden m'a serré la main.

– Sienna, est-ce que tout va bien ? Je sais que c'est beaucoup, mais nous serons à l'intérieur très vite.

– Oui, tout va bien, tu as raison, ai-je dit en me forçant à sourire. Allons-y.

J'ai pratiquement tiré Aiden derrière moi sur le tapis rouge, m'arrêtant aussi peu que possible. Peut-être qu'une fois à l'intérieur, les choses allaient être…

Dix fois pires.

Lorsque nous sommes entrés dans la Maison de la Meute en haut du grand escalier, tout le monde a arrêté ce qu'il faisait pour lever les yeux vers nous.

Tout le monde.

J'ai vu ma mère tirer sur la manche de mon père et nous pointer du doigt, Aiden et moi. Elle avait l'air sur le point de faire une crise cardiaque sous l'effet de l'excitation de voir sa fille faire sa grande entrée au bal de Yule.

Selena était rayonnante. J'espérais que j'étais à la hauteur de sa robe. C'était honnêtement le vêtement le plus élégant sur lequel j'avais posé les yeux. Une robe décolletée, qui tombait jusqu'au sol, avec des sequins dorés. Elle avait dû demander des semaines de travail. Selena avait même pensé à créer une cravate dorée assortie pour Aiden.

Tu aurais vraiment dû passer plus de temps sur le tapis rouge. Pourquoi es-tu si égoïste, Sienna ? Tu ne penses qu'à toi.

Mon regard s'est posé tour à tour sur Mia, Erica, Josh et Michelle. C'était comme s'ils pouvaient lire dans mon esprit. Comme s'ils connaissaient mes secrets. Comme Konstantin.

Garde ton sang-froid, Sienna.

J'ai relevé la tête et salué la foule, serrant très fort la main d'Aiden pendant que nous descendions les marches. Avec lui à mes côtés, je savais que je pouvais le faire.

Il n'est à tes côtés que parce qu'il ignore la vérité.

D'où venaient ces horribles pensées qui polluaient mon esprit ? Mon anxiété était à son comble.

Alors que nous atteignions le bas des escaliers, la foule est retournée à ses activités. Il fallait que j'avertisse Aiden à propos de Konstantin avant d'imploser.

– Aiden, j'ai quelque chose à te dire…

– Sienna, il faut que je salue tous les dignitaires et que je m'occupe des affaires en cours avant le dîner. Est-ce que ça ira si je te laisse seule pendant un moment ?

– Bien sûr, ai-je répondu en essayant de sourire. Je vais retrouver ma famille.

Alors que nous nous éloignions, la voix est revenue :

Tu vois, il ne veut pas rester auprès de toi. Il déteste la manière que tu as d'aspirer toute la joie d'une pièce avec ton désespoir.

– Arrêtez… Arrêtez de me tourmenter, ai-je murmuré en portant mes mains à mon crâne.

Quand je me suis retournée, j'ai découvert Michelle, qui se tenait à quelques centimètres seulement de moi, et j'ai failli crier.

– Oh, mon Dieu, Michelle ! Tu m'as fait peur. Mais je suis ravie de te voir, ai-je dit, soulagée. Je deviens folle en ce moment.

– Sienna, tu es à couper le souffle, a dit Michelle en me caressant les cheveux. Et cette robe, on dirait de l'or pur !

– C'est Selena qui l'a imaginée. Elle en ferait sûrement une pour toi si…

– Est-ce que ta sœur sait que tu es une salope ? a-t-elle demandé abruptement, et son sourire m'a semblé soudain artificiel.

J'ai eu un mouvement de recul :

– Pardon ?

– Et Aiden, alors ? Il sait où tu passes toutes tes nuits ?

– Michelle, j'ignore ce que tu as vu, mais je peux tout t'expliquer. En fait, j'ai besoin d'en parler à…

– Garde ta salive, Sienna. Je sais qui tu es vraiment. Tes secrets ne vont pas le rester longtemps. Bientôt, tout le monde connaîtra ta vraie nature !

Plissant les yeux, elle a fait un geste englobant toute la foule et mes amis et ma famille.

Pourquoi se montrait-elle aussi cruelle ? Cela ne ressemblait pas du tout à ma meilleure amie.

La pièce a commencé à se refermer sur moi. Tout est devenu flou. Je ne pouvais pas être là. Je ne pouvais pas le supporter.

Alors j'ai couru.

C'est ce que tu sais faire de mieux.

Jocelyn

J'ai essayé de me retenir de rire quand Nina m'a poussée dans la bibliothèque, notre champagne s'est répandu sur le sol.

– Nina, attention, c'est un tapis persan. Tu sais combien ça coûte ? ai-je dit en éclatant de rire et en essayant de l'éponger avec ma robe.

– Aucune idée. Mais merci de l'info, a souri Nina. Comment est-ce que je vais parvenir à le glisser dans mon sac à main pour le sortir d'ici ?

– Arrête, ton passé de voleuse est derrière toi, ai-je dit en l'attirant sur le tapis près de moi. Tu as une vie bien rangée, bien sage, à présent.

– Pas si sage, a-t-elle dit en m'attirant pour un baiser.

Chaque fois que nos lèvres se touchaient, c'était comme de la magie. J'aurais aimé pouvoir enfermer ce sentiment dans une bouteille pour l'utiliser comme un remède à tout.

– J'ai une idée, ai-je annoncé, un peu ivre. Viens, aide-moi avec ça.

J'ai tiré le tapis persan près du feu crépitant dans la cheminée et j'ai attrapé autant de coussins que je pouvais trouver, créant une tanière moelleuse dans laquelle on pouvait s'effondrer.

Nous nous sommes tenues par les mains en nous laissant tomber en arrière, atterrissant dans la pile de coussins en éclatant de rire.

– Merci d'avoir quitté la soirée avec moi. J'en ai un peu ma claque des bals de Yule.

– Tu n'as pas à me remercier. Je ne suis pas exactement fan des grandes foules, tu sais, étant une louve solitaire, et tout ça…

Nous nous sommes tournées pour nous regarder. Les flammes de l'âtre dansaient dans les yeux d'Oméga de Nina, troublant mon cœur.

–Mes parents étaient tous les deux des loups errants, ai-je avoué. Je ne l'avais jamais confié à personne jusque-là.

–Attends, vraiment ? a demandé Nina, surprise. Pourquoi ont-ils été exilés ?

–Ils étaient soldats dans l'armée de leur meute. Mais ils avaient des désaccords avec leur Alpha, des innocents étaient blessés et ils ne pouvaient plus être complices de ça. Alors ils ont préféré choisir le statut d'Oméga. Ils ont passé toute leur vie à essayer de rattraper leurs erreurs passées.

–On dirait que c'étaient des gens bien, pas comme moi, a dit Nina en se détournant.

–On fait tous des erreurs, mais elles ne nous définissent pas. La meute de la côte Est l'a reconnu et les a laissés s'installer ici. Ce serait possible pour toi aussi.

Je me suis pressée contre le corps de Nina je l'ai embrassée à nouveau.

–Tu n'as plus à être seule.

–Toi non plus, a-t-elle répondu en me rendant un baiser passionné.

Ma Frénésie s'est animée, et j'ai commencé à mordre ses lèvres tandis que ses mains parcouraient mes seins. Je l'ai chevauchée et j'ai passé ma robe par-dessus ma tête pendant qu'elle ôtait la sienne.

Le feu réchauffait la peau nue de Nina et quand la mienne est entrée en contact avec elle, j'ai fait le vœu que nous nous fondions l'une dans l'autre. J'ai pincé et sucé ses tétons, obtenant un doux gémissement de sa part. J'étais sur elle, mais plus pour longtemps. Nina était une dominante… Elle a pris le contrôle, m'a couchée sur le dos et a écarté mes genoux.

Elle a embrassé mon ventre en descendant jusqu'à mon sexe et a commencé à donner de légers coups de langue autour et à l'intérieur de moi avec tant de dextérité que cela m'a fait mouiller instantanément. J'ai commencé à gémir bruyamment, ne parvenant pas à me contrôler. J'espérais que personne n'était dans le coin, parce qu'ils auraient pu entendre. Nina a plongé ses doigts à l'intérieur de moi et a commencé à masser des parties de mon sexe dont la plupart des hommes ignoraient l'existence.

Tandis qu'elle bougeait ses doigts en rythme, ma Frénésie a explosé et j'ai commencé à jouir.

– Putain ! ai-je hurlé, en pleine extase.

À ce moment, tous les invités ont dû m'entendre.

Et je n'en avais rien à faire.

Aiden

Même si Raphael ne venait pas cette année, beaucoup d'autres Alphas parmi les notables étaient présents. D'habitude, on buvait beaucoup trop de très bon whisky en s'échangeant des histoires de chasse toute la soirée, mais cette année, c'était différent. J'étais uni, et c'était avec Sienna, pas avec ces dignitaires, que je souhaitais passer la soirée.

– Aiden, mon vieil ami, on t'a finalement mis le grappin dessus, hein ? s'est exclamé George, l'Alpha de la meute canadienne en me tapant dans le dos. C'était pas gagné pendant un moment, célibataire à la trentaine…

Je n'étais pas d'humeur à parler à ce trou du cul. J'ai remarqué Josh qui discutait avec d'autres Bêtas et une idée m'est venue.

– Tu m'excuses, un moment ? ai-je dit en laissant George derrière moi pour rejoindre Josh.

– Josh, j'aurais besoin de te parler des choses que tu m'as dites dans mon bureau, l'autre jour.

– Oh, Aiden, écoute… j'ai dépassé les bornes quand j'ai dit que tu avais fait de Sienna ta nouvelle Bêta, s'est excusé Josh.

– Non, j'ai beaucoup réfléchi à ce que tu m'as dit, tu as raison. Je t'ai retiré des responsabilités pour permettre à Sienna de s'investir davantage.

Josh a paru sous le choc.

– Maintenant que je suis uni, je ne peux plus voyager autant que je le faisais. Alors, je voudrais que tu sois mon nouvel ambassadeur, mon dignitaire, quelqu'un que je peux envoyer à l'étranger pour me représenter quand les opportunités surviennent. Qu'est-ce que tu en dirais ?

– Aiden, je ne sais pas quoi répondre, ce serait un honneur, a répondu Josh, bouche bée.

– Génial, parce que j'ai besoin que tu commences dès à présent. Va te saouler avec tous ces dignitaires étrangers à ma place et distrais-les !

– Si c'est mon devoir, alors j'imagine que je n'ai pas le choix, a-t-il ri.

Tandis que je scrutais les Alphas, l'un d'eux en particulier a attiré mon regard, un homme âgé à la peau bronzée dans une robe de cérémonie jaune. Il y avait quelque chose de familier chez lui, mais je n'arrivais pas à le situer.

– Josh, qui est cet Alpha, habillé en jaune ?

– C'est Mateo, le leader de la meute colombienne.

La meute colombienne.

– Josh, viens avec moi, ai-je dit en me dirigeant vers Mateo. Cela faisait si longtemps que nous ne vous avions pas vu à un bal de Yule, Mateo, l'ai-je salué, espérant qu'il n'avait pas remarqué que j'avais oublié qui il était.

– Aiden, oui, cela me fait plaisir de vous voir. Ce fut un long voyage, nos meutes sont si éloignées l'une de l'autre ! a-t-il répondu en me serrant la main.

– J'ai rencontré récemment une membre de votre meute, ou plus précisément, une ancienne membre. Je me demandais si vous pouviez éclaircir quelque chose pour moi.

Les sourcils de Mateo se sont levés.

– Une ex-membre ? Une Oméga, donc. Quel est son nom ?

– Son nom est Nina, c'est une louve que vous avez exilée pour vol.

– Je pense que vous vous trompez, Aiden… Aucune louve de ce nom, ou pour ce crime, n'a été exilée de la meute colombienne.

ÉPISODE 25

COURIR

Sienna

L'air glacial de l'hiver piquait ma peau nue alors que je courais dans les rues avec ma robe et mes talons. Chacune de mes respirations était laborieuse, mais c'était toujours mieux qu'au bal de Yule. Là-bas, je ne pouvais pas respirer du tout.

Mon esprit m'étouffait et j'avais besoin de m'éclaircir les idées. Ces voix… ces horribles choses qu'elles me disaient… Avaient-elles raison ? Étais-je la cause du malheur de tout le monde ? Ce que m'avait dit Michelle était le pire, et la façon qu'elle avait eue de le dire… avec ce sourire aux lèvres. Elle n'était pas elle-même. Ce n'était pas possible…

« Ou peut-être que tu ne veux pas admettre qu'elle a raison. Tu es une salope. »

– STOP ! ai-je hurlé. Sors de ma putain de tête !

Les lumières des lampadaires se sont mises à clignoter de manière incontrôlée quand je me suis arrêtée en me tenant le crâne.

Est-ce moi qui viens de faire ça ?

Je ne savais plus ce qui était réel ou non. Je perdais pied.

La neige a commencé à tomber alors que je continuais mon chemin dans les rues bizarrement calmes. Était-ce la réalité ou un autre tour que me jouait mon esprit ?

Je me suis souvenue, soudain, de cet horrible cauchemar :

Moi, dansant avec Konstantin.

Sous les projecteurs.

Allongée sur la fourrure, la peau du loup d'Aiden.

Je sentais ma tête tourner. J'ai regardé vers le haut, tous les lampadaires semblaient m'éclairer. J'étais à nouveau sur scène.

– Non, ai-je protesté en secouant la tête. Ce n'est pas possible.

Mais cela semblait bel et bien réel. J'avais besoin de trouver refuge quelque part. Quelque part où je pourrais me cacher. Ma galerie.

Bouge, Sienna.

Mes talons ont commencé à marteler la neige fraîchement tombée.

Continue à courir.

Nina

Juste.

Continue.

À courir.

Ne t'arrête pas. Ne regarde pas derrière toi.

Mes pieds étaient fatigués. J'aurais pu aller plus vite si je m'étais transformée, mais je ne pouvais le faire en portant un artefact d'une valeur inestimable. Merde, le couloir devant moi était en train de se refermer. C'était bien ma chance…

J'avais été extrêmement stupide de penser que voler une divinité serait un jeu d'enfant.

Eh merde. Je n'avais pas le choix.

Je me suis transformée, déchirant mes vêtements. J'ai attrapé mon sac à dos entre mes mâchoires et j'ai sprinté vers la lumière au bout du tunnel.

Ça allait se jouer à un rien.

J'ai appuyé fort sur mes pattes arrière pour sauter dans l'ouverture au moment où les murs se sont refermés derrière moi. Je me suis roulée dans la terre et j'ai atterri à l'orée de la forêt. Je me suis transformée à nouveau et me suis relevée, jetant un dernier regard au temple qui avait failli être mon tombeau.

J'ai levé mon majeur vers le ciel et j'ai tiré la langue.

– Allez vous faire voir, les dieux ! Je ne suis pas près de m'arrêter de voler !

Et j'ai éclaté de rire.

L'air humide rendait la peau de mon corps nu poisseuse, j'observais ce qui m'entourait, cherchant mon sac à dos. Je l'ai trouvé près d'un buisson, l'artefact à l'intérieur reflétait les rayons du soleil.

– Te voilà, ai-je dit en sortant mon butin.

La Balance de Llinos. Elle n'avait rien de spécial, hormis qu'elle était tout en or. C'était une balance à poids standard. Mais ils en donneraient cher au Repaire, le plus grand marché noir pour loups-garous d'Amérique du Sud. C'était un objet sacré, censé détenir un pouvoir divin, mais je ne croyais pas à ce genre de connerie. Je croyais seulement ce que je pouvais voir… et dépenser. Le pouvoir du dollar suprême était ce qui me maintenait en vie, pas les prières aux divinités.

J'ai installé la balance sur un rocher et j'ai commencé à jouer avec.

– Est-ce que tu vas déterminer quel est mon destin ? ai-je demandé d'un ton moqueur.

– Non, mon enfant, mais moi oui, a grogné une voix féminine derrière moi.

Une grande et haute silhouette, vêtue d'une cape, s'est dressée au-dessus de moi. Son visage était caché, mais son corps et ses traits étaient androgynes.

– Qui… qui êtes-vous, putain ? ai-je demandé en serrant la balance contre ma poitrine nue.

– Je suis celle qui préserve l'équilibre entre les mondes, et tu l'as dérangé, a-t-elle expliqué.

La balance a jailli de mes bras pour se retrouver dans ceux de la femme, j'étais comme paralysée. J'avais beau essayer de toutes mes forces, je ne parvenais pas à bouger.

Est-ce que c'était une véritable…

Elle a placé un caillou sur chaque plateau de la balance.

– La balance va déterminer si tu dois vivre ou mourir.

J'ai regardé avec horreur les deux plateaux bouger de haut en bas avant que le côté droit finisse par tomber. Mon corps s'est détendu et je suis tombée sur le sol.

– Qu'est-ce que ça signifie ?

– Cela signifie que je vais t'accorder une faveur. Tu vas vivre, pour l'instant. Mais pour restaurer l'équilibre, tu me restes redevable tant que tu ne m'auras pas rendu un service, a-t-elle répondu.

– Et de quel genre de service il s'agirait ? ai-je demandé en tremblant.

– Ce qui me plaira. Je te rendrai visite à nouveau quand il sera temps, a-t-elle expliqué avant de disparaître, me laissant seule.

***

– À quoi tu penses ? a demandé Jocelyn en caressant mon visage alors que nous étions allongées près du feu crépitant. On dirait que tu es partie très loin.

– Oui, pendant un moment, mais je suis revenue, ai-je dit en me serrant contre elle. Il n'y a pas d'autre endroit où je préférerais être qu'auprès de toi.

– Nina, ce sexe, c'était…

– Incroyable ? Époustouflant ? Le meilleur que tu aies jamais eu ? ai-je proposé pour tenter de finir sa phrase.

– Arrogante ! a ri Jocelyn. J'allais dire que c'était… parfait.

– Je le pense aussi, ai-je rougi.

Sauf que je ne rougissais jamais.

– Tu sais ce qu'il y a de mieux, quand on est une femme ? a demandé Jocelyn tout timidement.

– J'ai une idée, mais dis-moi.

– Les orgasmes multiples, a-t-elle expliqué. Et tu sais quoi ? Ma Frénésie est toujours active.

– Qu'est-ce que vous suggérez, Docteur ?

Jocelyn m'a grimpé dessus et m'a donné un long et profond baiser – le genre où l'on sent son âme sortir de son corps.

Cette fille savait embrasser, putain.

– Es-tu prête pour remettre le couvert ? a-t-elle demandé, ses yeux plongés dans les miens.

Oh oui, je l'étais !

J'ai soulevé Jocelyn tandis qu'elle m'entourait de ses bras et de ses jambes. Nous sommes tombées à la renverse contre une étagère, projetant des douzaines de livres d'histoire sur le sol.

J'ai commencé à enfoncer mes doigts dans son sexe, la rendant encore plus humide, en continuant à la plaquer contre le meuble. Jocelyn a planté ses ongles dans mon dos et a haleté de plaisir.

– Oh, mon Dieu. Oh, mon Dieu. C'est la meilleure… la meilleure sensation, a-t-elle crié.

C'est quelque chose qu'ils pourront ajouter aux livres d'histoire sur la meute de la côte Est.

Jocelyn s'est détachée de mes doigts et s'est mise à genoux.

– C'est ton tour, a-t-elle dit en embrassant mon nombril.

Elle a placé sa langue dans mon sexe et a commencé à la faire tourner comme si elle parlait à toute vitesse.

Est-ce qu'elle récite le putain de serment d'Hippocrate là-dedans ?

Peu importe ce qu'elle faisait, c'était formidable.

– N'arrête pas, continue, ai-je dit en attrapant ses cheveux.

Jocelyn a commencé à jouer avec son sexe tout en continuant à me stimuler, et nous avons toutes les deux crié de plaisir, en proie à des orgasmes simultanés. Nous nous sommes effondrées sur le sol en riant et en respirant lourdement.

– Si ça continue, je vais faire une crise cardiaque, s'est exclamée Jocelyn en enfilant sa culotte.

La façon dont elle me regardait avec un désir fou quand je remettais mon soutien-gorge en place… Personne ne m'avait jamais regardée ainsi, comme si j'étais vraiment désirée.

Putain, elle était si belle, je ne la méritais pas. Je me demandais ce qu'elle dirait si elle savait pourquoi j'étais vraiment là.

Peut-être que ce serait mieux si j'accomplissais ma mission ce soir et que je disparaissais comme la lâche que je suis…

Quoi que je fasse, je la ferais souffrir.

– Nina, viens t'asseoir près de moi, m'a dit Jocelyn tout doucement, avec le plus mignon des sourires.

Je me suis assise en face d'elle et elle m'a attrapé les mains, j'ai rougi comme jamais.

– Je… je voudrais… Merde… Je ne sais pas comment… a-t-elle balbutié, trébuchant sur chaque mot.

Attends, est-ce qu'elle est sur le point de dire…

Jocelyn

Oh, mon Dieu, j'avais l'air d'une idiote. Pourquoi est-ce que je perdais tous mes moyens en face d'elle ? C'est juste… que je n'avais jamais dit ces mots-là avant.

Et si elle ne ressentait pas la même chose ?

En vérité, je n'étais même pas certaine que Nina était ma compagne. Nous n'avions pas eu ce moment encore, ce moment de certitude. Malgré cela, il y avait une chose qui était incroyablement claire à mes yeux.

– Jocelyn… a-t-elle commencé.

– Nina, je pense que je suis en train de tomber amoureuse de toi, ai-je sorti d'un coup.

Elle était sous le choc, complètement silencieuse et immobile.

Oh, mon Dieu, dis quelque chose, n'importe quoi. C'est insoutenable…

– Je… euh… je…

Elle a levé les yeux vers les miens. La dernière chose que je voulais, c'était l'effrayer, mais notre connexion était si forte que je savais qu'elle la ressentait également. Quand j'étais avec Nina, c'était comme si j'étais vraiment vivante. Elle a allumé un feu dans mon cœur et il brûlait de plus en plus fort.

Elle a placé sa main sur la mienne et l'a serrée.

–Jocelyn, je…

Brusquement, la porte de la bibliothèque s'est ouverte et Aiden est arrivé en toute hâte avec Josh et une poignée de soldats.

–Jocelyn, éloigne-toi d'elle tout de suite, a grogné Aiden. Elle n'est pas qui tu crois.

–Aiden, de quoi est-ce que tu parles, putain ? Tu ne peux pas débarquer comme ça et…

–Écoute-le, Jocelyn, a averti Josh. Elle nous a menti à tous, depuis le début.

Deux soldats ont attrapé Nina et ont attaché ses mains derrière son dos pendant que je regardais la scène avec horreur, incapable de mettre fin à cette folie.

–Nina, qu'est-ce qui se passe ? ai-je demandé en m'étouffant.

–Je suis désolée, Jocelyn. Tellement désolée, a-t-elle dit en sanglotant.

Ils l'ont sortie de la pièce tandis que je restais assise dans notre repaire de coussins, en larmes. Aiden m'a lancé un regard de mépris avant de fermer la porte, me laissant seule.

Je finis toujours toute seule.

ÉPISODE 26

SOUVENIRS

Sienna

Bien enfermée, en sécurité dans ma galerie, j'ai battu en retraite dans mon studio, dans le fond, pour travailler sur une nouvelle toile. Peindre avait toujours été ma méthode favorite pour me vider l'esprit.

J'ai mis un tablier sur ma robe pour éviter toute éclaboussure. Selena m'aurait tuée si elle avait su que je m'étais approchée à moins de cinquante mètres de mon atelier avec l'une de ses créations sur le dos.

Avec mon téléphone éteint et l'absence de fenêtres, je me sentais vraiment isolée du reste du monde, et c'était exactement ce dont j'avais besoin là, maintenant. Toutes mes œuvres représentaient des souvenirs joyeux, rien à voir avec les horribles choses qui trottaient dans ma tête ces temps-ci. C'était agréable de se rappeler que les choses allaient s'améliorer avec le temps.

Ça ne fera qu'empirer.

– Non, ai-je dit en secouant la tête. Ce n'est pas vrai.

OK, j'avais juste besoin de me concentrer, de me sortir de mes pensées.

Soudain, être dans une pièce isolée, avec mon cerveau pour seule compagnie, m'a semblé la pire idée que j'avais jamais eue.

Mon téléphone a commencé à vibrer, mais c'était impossible. Je l'avais éteint. Je l'ai pris en main avec précaution et j'ai ouvert les messages.

Konstantin : Je suis dans ta tête, Sienna.
Konstantin : Je m'y sens bien.
Konstantin : Je pense que je vais y rester un moment…

J'ai jeté mon téléphone à l'autre bout de la pièce et me suis retournée, mais j'étais toujours seule.

– Sors de ma tête ! ai-je crié. Je ne te le permets pas !

– *Oh, mais tu l'as fait, à plusieurs reprises. Mais tu ne m'as toujours pas donné ce dont j'ai besoin. Alors maintenant, je vais le prendre.*

J'ai trébuché à la renverse, me suis pris les pieds dans des toiles et suis tombée dans un pot de peinture. Ma belle robe était fichue – toute tachée de rouge foncé. Non, ce n'était pas de la peinture…

C'est du sang !

J'ai hurlé en tentant de l'essuyer, mais quelques instants plus tard, j'ai réalisé qu'il n'y avait rien sur moi.

Tu ne sais même plus ce qui est réel.

Le rire de Konstantin a résonné dans ma tête.

– *Tout cela peut se terminer si tu me laisses prendre le contrôle. Je débloquerai des parties de toi dont tu n'as même pas idée.*

– Jamais, ai-je crié. C'est MON esprit et JAMAIS je ne t'en laisserai l'accès.

– *J'ai essayé la manière douce, Sienna, mais c'est terminé maintenant. Je ne te laisse plus le choix.*

Mes jambes sont devenues toutes molles et la pièce a commencé à tourner.

Non, je ne le laisserai pas faire ça à nouveau.

Réfléchis, Sienna... comment faire pour le bloquer?

Ce sont tes souvenirs...

TES souvenirs...

Les toiles. Peut-être que si je me concentrais suffisamment sur les souvenirs de mes peintures, *ça* le forcerait à entrer dans mes bons souvenirs et me permettrait de garder le contrôle.

J'ai commencé à courir dans tout l'atelier, à rassembler les œuvres qui représentaient les moments les plus heureux de ma vie et à les poser côte à côte contre le mur.

– *Tu es faible, et tu es seule. Quel que soit ce plan idiot, il ne fonctionnera pas. Tu vas échouer, une fois de plus.*

Étant donné la manière dont Konstantin avait commencé à siffler, je devinais qu'il était de plus en plus nerveux. J'ai attrapé la première toile, représentant ma maison d'enfance, et j'ai fermé les yeux.

Mon Dieu, j'espère que cela va fonctionner.

–Tu veux entrer? ai-je hurlé. Alors viens!

***

Je me tenais dans mon ancienne chambre, dans la maison de papa et maman. Je m'observais, assise sur le lit, en pleurs, en train d'être réconfortée par papa.

De quand datait ce souvenir? De l'année dernière?

– C'est bon, a-t-il dit en me frottant le dos. C'est parfaitement normal que tu te sentes comme ça.

–Non, ça ne l'est pas, ai-je gémi entre deux sanglots. Je suis une dominante. Les dominants ne laissent pas ce genre de choses stupides les atteindre.

Maintenant, je m'en souvenais – c'était la nuit où Aiden m'avait laissée seule dans la forêt.

–Je ne pense pas que ce que tu ressens soit stupide, Sienna, a-t-il dit. Et dominant ou pas, tout le monde a un cœur. Tu sais, quand on t'a ramenée à la maison, j'ai tout de suite su que tu étais spéciale. Tu avais cette confiance en toi dans tout ce que

tu faisais, même quand tu étais bébé. En te voyant grandir, j'ai vu cette confiance se manifester dans tout ce que tu entreprenais. Pleurer ne retire rien à ça, Sienna. Tu es toujours le loup-garou le plus fort que je connaisse.

Une sensation de chaleur a commencé à irradier tout mon corps. Ça faisait du bien, non, pas que du bien, ça me rendait… puissante. Je n'avais jamais ressenti ce genre de pouvoir auparavant.

La pièce s'est estompée comme une aquarelle puis a disparu, je me suis retrouvée à dériver vers un autre endroit.

***

La maison d'Aiden. La pièce dans laquelle je dormais avant que l'on s'unisse.

– Il y a quelque chose entre nous. Aucun de nous ne peut le nier. Je l'ai senti quand je t'ai marquée, mais je l'ai même senti la première fois que je t'ai vue, au bord de la rivière.

Je me sentais jalouse d'elle, qui pouvait ressentir la chaleur de son corps contre le sien, mais le fait de simplement visionner ce souvenir m'insufflait déjà plus de puissance.

– Tu te souviens de ça ? ai-je demandé, incrédule.

– Bien sûr que je m'en souviens, a-t-il dit tranquillement en resserrant son étreinte. Je sentais déjà ton pouvoir à l'époque. Ton parfum dégageait une force et une sensualité auxquelles je n'ai pas pu résister.

– Je n'ai pas été forte ce soir. Au contraire, j'ai été faible.

– Arrête ! Ce que j'ai dit il y a une minute… j'avais tort. Laisse-moi te dire quelque chose. Ton odeur m'a frappé au moment où je suis entré dans ce dîner. Ce n'est en général pas quelque chose qui se produit quand je suis sous ma forme humaine, j'ai été déstabilisé. La Frénésie m'a frappé, et j'ai dû te suivre pour en savoir plus sur toi, pour être simplement en ta présence. Je n'ai jamais été subjugué par quelque chose de plus puissant dans ma vie. C'est ça ta force, le genre de pouvoir que tu as sur moi. C'est pour ça que je t'ai marquée.

Les mots d'Aiden m'ont traversée comme un éclair, et j'ai été catapultée à travers un rideau de peinture qui commençait à former un paysage.

***

J'étais dans les bois, dans une clairière illuminée par la lune. Un cours d'eau calme la traversait et deux loups jouaient à lutter l'un contre l'autre.

Oh, mon Dieu, c'était…

Notre première course.

J'ai observé Aiden qui a laissé échapper un hurlement viscéral avant de plonger ses crocs dans l'épaule de ma louve, juste à l'endroit où ma marque se trouvait sous forme humaine, cela marquait le dernier acte d'une course entre deux potentiels compagnons.

Je me souvenais de cette soirée comme si c'était hier. Dans le moindre détail.

C'était le moment le plus intime et le plus intense de mon existence.

Je nous ai regardés, Aiden et moi, nous transformer et entrer dans l'eau pour nous laver mutuellement. Cet instant était parfait.

L'émotion que j'avais ressentie alors… je la ressentais à nouveau.

C'était le moment où j'étais tombée amoureuse d'Aiden.

***

Soudain, j'étais de retour dans la galerie.

Était-ce terminé ?

Où était Konstantin ?

Les murs… ils étaient vides. Mes œuvres avaient disparu.

Non, nous devions être dans un autre souvenir.

Une cloche a retenti tandis que la porte de la boutique s'ouvrait, et je me suis observée entrer dans l'espace vide en compagnie d'Aiden.

–Aiden Norwood, qu'est-ce que nous fichons ici ?

–Sienna Mercer-Norwood, j'ai pensé que tu aimerais découvrir ta nouvelle galerie.

La Sienna de mes souvenirs a couiné de bonheur et a commencé à courir partout dans la pièce, me traversant au passage.

–Joyeux anniversaire ! À notre première semaine ensemble, Sienna, a souri Aiden.

–Je n'arrive pas à croire que tu aies fait ça… pour moi.

–Je ferais n'importe quoi pour toi.

J'ai murmuré les mots en même temps que lui, et mon cœur s'est gonflé de puissance.

C'était comme si j'avais déverrouillé quelque chose tout au fond de moi.

***

Tout à coup, j'étais dans un nouvel endroit, une sorte de laboratoire, et Konstantin était là, mais il était habillé différemment et ne semblait pas avoir remarqué ma présence.

Était-ce un autre souvenir ? Il semblait différent des autres…

Une porte s'est ouverte et une femme est entrée, saluant Konstantin.

– On a presque terminé de décrypter les runes. Une fois que ce sera fait, nous comprendrons enfin. Nous saurons comment exploiter leur pouvoir.

– Une bonne raison de se réjouir, Vanessa.

La bouche de Konstantin s'est recourbée en un sourire.

J'ai laissé échapper un cri quand je me suis tournée vers la femme, mais personne n'aurait pu l'entendre de toute façon. Pendant un moment, j'ai cru que je me regardais moi-même. La femme avait des cheveux d'un roux flamboyant, tout comme les miens, et le même regard intense. D'après la façon qu'elle avait de se mouvoir dans la pièce, j'ai deviné qu'elle était une dominante, tout comme moi.

–J'imagine, oui, a-t-elle déclaré d'un ton distant.

Son expression a changé et elle s'est détournée. Ses yeux n'étaient plus ardents, ils étaient emplis de tristesse.

J'ai soudain eu une révélation : cette femme… était-elle ma…

– Maman ? ai-je appelé dans le vide.

– Ce que l'on fait… c'est du blasphème. Les divinités vont nous châtier si nous n'abandonnons pas cette folie, a-t-elle déclaré.

Ma mère a marché vers moi et j'ai tremblé quand elle m'a traversée comme si j'étais un fantôme. Quand je me suis retournée, elle berçait quelque chose. En me rapprochant pour mieux voir, j'ai sursauté.

C'était un bébé, dans un berceau.

C'était moi.

C'était MON souvenir.

– Vanessa, si nous réussissons, les divinités ne pourront pas nous atteindre, a rétorqué Konstantin en marchant autour d'elle comme un serpent. Nous aurons autant de pouvoir qu'eux.

– Je ne risquerai pas la vie de mon enfant, a-t-elle affirmé. Aucun pouvoir ne vaut de mettre sa vie en danger.

J'ai marché vers ma mère, ma copie crachée, et j'ai essayé de lui tenir la main, de la réconforter, mais je suis passée à travers elle encore une fois.

– Ton compagnon – son père – n'a-t-il pas son mot à dire à ce sujet ?

– Konstantin… il n'est pas le père, a-t-elle dit en essayant de retenir ses larmes.

– Mais alors… qui ? Qui ça ? a-t-il demandé, sous le choc.

– Son père, c'est… Rowan.

La réaction de Konstantin a été extrême. Il a renversé une étagère pleine de fioles en verre et manqué tomber avec elle. Alors que ma mère était de plus en plus défaite, un sourire s'est dessiné sur le visage de Konstantin.

– Vanessa, ne vois-tu pas que c'est parfait ? Ta fille détient la clé de tout ce pour quoi nous avons travaillé.

– Non, je ne la laisserai jamais être impliquée là-dedans, a-t-elle répliqué. Jamais.

Alors que je tendais à nouveau la main vers elle, j'ai été aspirée hors de la pièce, dans l'obscurité.

***

J'étais de retour dans mon studio, pour de bon cette fois. Toutes les peintures que j'avais rassemblées étaient toujours contre le mur.

Qu'est-ce qui vient de se passer, bordel ?

Est-ce que j'avais enfin été capable de raviver les souvenirs que j'avais enfouis ?

Une chose était certaine, Konstantin connaissait ma mère. Il m'avait menti dès notre première rencontre.

Ils avaient travaillé ensemble sur un projet, mais elle voulait arrêter. Elle voulait me protéger.

Mais de qui ? De mon père ?

Qui était Rowan ?

J'ai avancé vers une toile, sur le sol, et l'ai placée sur le chevalet.

Quand ai-je peint cela ? Quand j'étais dans mes souvenirs ?

C'était le portrait d'une magnifique femme, les cheveux roux flamboyant, tombant en cascades sur ses épaules – ma mère biologique.

J'ai fermé les yeux une fois de plus et j'ai entendu sa voix.

– Je ne risquerai pas la vie de mon enfant. Aucun pouvoir ne vaut de mettre sa vie en danger.

J'ai ouvert les yeux et c'était comme s'ils brillaient. J'irradiais un niveau de pouvoir que je n'avais jamais ressenti auparavant. J'ignorais ce que c'était, mais cela n'avait rien à voir avec les capacités d'un loup-garou. J'en étais certaine.

Alors que je posais le regard sur le portrait de ma mère, son visage a commencé à s'estomper. La peinture à l'huile que j'avais utilisée gouttait sur le sol, formant une flaque, et alors que sa chair fondait, son visage s'est transformé en un squelette en pleine décomposition.

Le rire de Konstantin a retenti dans ma tête, encore une fois.

– Est-ce que ce petit détour dans tes souvenirs était supposé m'affaiblir d'une manière ou d'une autre ? Ou souhaitais-tu me montrer les pathétiques hauts faits de ta petite vie ?

– Honnêtement, Konstantin… ce n'était pas pour toi.

J'ai invoqué tout le pouvoir que je pouvais rassembler – toute la force que j'avais tirée des moments passés avec les gens qui croyaient en moi, me protégeaient, m'aimaient – et je l'ai libérée tel un cyclone. Mes tableaux ont volé tout autour de la pièce tandis que je sentais la présence de Konstantin quitter enfin mon corps. Je l'ai vomi comme une sorte de boue noire sur une toile.

– Tu penses que tu as gagné ? Je reviendrai te rendre la vie encore plus difficile. Et pas seulement à toi, à ta famille, à tes amis. Je les ferai souffrir.

– VA-T'EN !

Un courant d'air a balayé ma galerie dévastée et, au bout d'un moment, je n'ai plus ressenti que du calme. Mon esprit semblait avoir été purgé d'un poison. Je me suis effondrée sur le sol, beaucoup plus légère, mais toujours hantée par une ombre. Konstantin était enfin parti…

Mais pour combien de temps ?

ÉPISODE 27

MARIONNETTISTES

Nina

– C'est tout ce que tu as, mon joli ? Tu as peur de te casser un ongle si tu me frappes plus fort ?

VLAN!

Putain.

OK, celle-là a vraiment fait mal.

Je ne pensais pas que le Bêta avait ça en lui.

Du sang coulait de mon menton alors que je dévisageais Josh. Aiden se tenait derrière lui, appuyé contre le mur, laissant ses mignons faire le sale boulot.

– Quand est-ce que tu vas monter sur le ring, Alpha ? Tu ne veux pas te salir les mains ? ai-je craché. Pourquoi est-ce que tu ne me détacherais pas ? On pourrait se mesurer l'un à l'autre. Un vrai duel, pas ce bondage de cour de récré. Alpha contre Oméga.

Je savais que je n'aurais pas dû le provoquer – j'étais techniquement son ennemie, après tout –, mais je ne pouvais pas m'en empêcher. Dire tout ce qui me passait par la tête faisait partie de ma nature profonde.

Aiden souriait comme un trou du cul fier de lui. Il a commencé à décrire des cercles autour de moi, les mains dans le dos, tout en retenue. Il était en pleine maîtrise de lui-même et il le savait.

–Tu ne veux pas que les choses en arrivent au point où je monterai sur le ring, m'a-t-il assuré. Ce serait une mise à mort.

Je me demandais si cet Alpha avait déjà tué quelqu'un qui l'avait contrarié. En vérité, je ne préférais pas savoir.

–Quel était ton but ? a enchaîné Josh. Pourquoi est-ce que tu manipulais Jocelyn ?

–Je ne…

Putain, ne parle pas.

–Jocelyn n'avait rien à voir avec le reste, OK ? C'était juste un bon coup en passant.

Putain de menteuse. Tu es vraiment la pire des ordures, Nina.

–Espèce de salope, a hurlé Josh, faisant écho à mes propres pensées.

Il m'a balancé un nouveau coup de poing, mais cette fois, Aiden l'a retenu avant qu'il atteigne ma joue.

–C'est quoi ce bordel ? a beuglé Josh.

En effet, c'est quoi ce bordel ?

Cette fois, c'étaient mes pensées qui faisaient écho à celles de Josh. Pourquoi est-ce qu'Aiden s'était interposé ? Avait-il senti que je mentais quant à mes véritables sentiments pour Jocelyn ?

–Pourquoi es-tu là ? a demandé Aiden, son visage à quelques centimètres du mien.

–Eh bien, je ne suis certainement pas venue pour profiter de vos installations, ai-je répondu avec sarcasme, en regardant autour de moi et en désignant la cellule humide dans laquelle ils m'avaient menottée. Franchement, je vous mets une étoile, pas plus.

–Tu es une louve solitaire, ce qui signifie que personne ne va venir te secourir. Personne n'en a rien à faire de savoir si tu vis ou si tu crèves, a-t-il grogné. Alors tu ferais bien de commencer à parler, ou tu vas passer le restant de ta misérable vie dans cette prison.

–Est-ce que vous servez un petit déjeuner continental, au moins ?

Aiden a failli me décocher un coup mais, à la place, il a laissé échapper un monstrueux cri et son poing s'est abattu sur le mur en briques, y laissant son empreinte au passage.

Très bien, j'ai peut-être parlé un peu trop vite en le provoquant en duel. On ne joue manifestement pas dans la même cour.

–Voyons voir si tu te sens d'humeur bavarde après que je t'aurai laissé deux jours ici dans ta propre merde, comme le rat puant que tu es, a-t-il grondé.

–Ça me semble super, ai-je lancé, mais il était déjà sorti, furieux, de la cellule.

Avant de refermer la porte, Josh s'est penché et m'a lancé un regard noir.

–Ce que tu as fait à Jocelyn… c'est vraiment ignoble. J'espère que tu pourriras ici.

Et puis, la porte a claqué, me laissant seule.

Quel public difficile !

Mais il n'avait pas tort à propos de Jocelyn. Que j'aie pu lui faire du mal me dévorait de l'intérieur et il n'y avait rien que je puisse faire pour y remédier.

–Je te salue pour ta résilience, Nina. Tu n'es pas quelqu'un qui craque facilement sous la pression.

Une grande et haute silhouette, vêtue d'une cape, a émergé de l'ombre.

–Oh super, c'est vous, ai-je grogné. Si c'est le genre de visite conjugale que je vais recevoir, je préfère renoncer à mes privilèges.

–Ta mission n'est pas terminée. Tu ne dois pas échouer. Si tu contraries la balance, tes menottes ici-bas ne seront rien en comparaison des chaînes qui harponneront ton âme après ta mort, a-t-elle répliqué, stoïque.

J'ai hoché la tête en serrant les dents. Elle ne me donnait pas le choix. Nous étions liées jusqu'à ce que ma mission s'achève.

– Tu as les outils nécessaires pour mener à bien la tâche qui t'incombe, alors prends garde à mon avertissement, n'échoue pas à nouveau, a-t-elle dit en disparaissant.

J'ai senti quelque chose se matérialiser dans ma poche.

La clé de mes menottes.

Jocelyn

Je ressentais la douleur de Nina. Même si nous n'étions pas unies, je la sentais couler dans mes propres veines. Nous avions une sorte de connexion, un lien que je ne partageais avec personne d'autre. Je sentais sa force, également. Au plus profond d'elle-même, c'était une battante. Quoi que Josh et Aiden lui aient infligé, au sous-sol, elle s'en relèverait.

Et que faisaient exactement ces deux gros beaufs là-bas ?

Je ne pardonnerais jamais mes ex s'ils faisaient du mal à ma copine.

Était-elle vraiment cela pour moi ?

Mon Dieu, c'était si compliqué, et ça me faisait mal à la tête. Je savais juste que Nina était une personne pour laquelle je me battrais.

Aiden est arrivé d'un pas lourd dans le hall, je me suis plantée devant lui.

– Aiden, qu'est-ce que tu as fait, putain ?

– Pas maintenant, Jocelyn, a-t-il grogné.

– Si, maintenant, ai-je grogné en retour. Je mérite une explication.

– OK, tu veux que je t'explique ? a dit Aiden, furieux. Je vais te mettre au courant, Jocelyn. Tu as été manipulée. Pour quelle raison ? On n'en sait fichtrement rien parce qu'elle refuse de parler. Mais elle n'en a rien à foutre de toi. Tu étais juste une cible facile, pour elle.

Des larmes ont commencé à couler de mes yeux.

– C'est… c'est un mensonge, Aiden. Tu ne la connais pas.

– Non, Jocelyn, *toi,* tu ne la connais pas, tu ne sais que les mensonges qu'elle a bien voulu te raconter. Peut-être que si sa chatte ne t'avait pas rendue aussi Frénétique, on n'aurait pas à gérer une putain d'espionne pendant l'événement le plus important de l'année.

Je n'ai pas pu me retenir. J'ai commencé à sangloter. Aiden se montrait cruel et il le savait. J'avais toujours détesté cette facette de lui.

Il s'est repris et a eu l'air sincèrement désolé en voyant à quel point j'étais affectée.

–Jocelyn, je suis… je ne voulais pas être aussi dur. Ce n'est pas ta faute.

–Va-t'en, Aiden. Je veux être seule, ai-je dit sèchement.

Tandis qu'il s'éloignait dans le hall, il s'est arrêté et s'est retourné.

–L'Oméga nous a raconté pas mal de conneries, mais je pense que l'une d'entre elles était que tu ne comptais pas à ses yeux. J'ai pu le sentir. C'était un mensonge.

Je ne savais plus quoi croire. Ces sentiments étaient nouveaux, mais j'avais besoin de voir Nina et de l'entendre me dire ces mots elle-même.

Aiden

Je savais que le bal de Yule allait être un désastre. C'était toujours le cas.

Il fallait que j'y retourne en prétendant que tout allait bien, comme si je ne venais pas de découvrir une espionne au milieu d'une soirée réunissant les Alphas les plus importants du monde. Si quelqu'un s'en apercevait, ce serait un nouveau scandale à gérer pour la meute de la côte Est. Sans mentionner la catastrophe que ce serait pour les alliances étrangères.

Cette Oméga avait pu être envoyée pour assassiner n'importe lequel d'entre eux.

Je me sentais très mal d'avoir traité Jocelyn de la sorte. Mes nerfs avaient pris le dessus. J'aurais juste aimé qu'elle soit un peu plus prudente. Et même si cette louve solitaire me rendait dingue, j'avais vraiment senti qu'elle avait des sentiments pour Jocelyn. Peut-être qu'elle cachait bien son jeu, mais pour l'instant, j'étais soulagé qu'elle soit enfermée dans une cellule.

Alors que je revenais au bal, j'ai scruté l'assemblée à la recherche de Sienna. Plus que n'importe quoi, j'avais besoin de la savoir en sécurité. Je l'avais négligée pendant trop longtemps, et elle faisait partie du conseil maintenant. Elle devait savoir ce qui se passait.

J'ai repéré Selena près du bar, s'occupant de sa mère légèrement pompette.

– Est-ce que vous avez vu Sienna ? ai-je demandé en m'assurant de dissimuler l'inquiétude dans ma voix.

– Maintenant que tu le demandes, non, a répondu Melissa. Elle manque une occasion de boire avec sa maman !

– Selena ? Tu as une idée d'où elle pourrait être ?

– La dernière fois que je l'ai vue, elle parlait avec Michelle, a répondu sa sœur en s'emparant du verre de sa mère.

Avant même que je me mette à chercher Michelle, c'est elle qui m'a trouvé.

– Aiden, l'Alpha de la soirée, exactement l'homme qu'il me fallait, a-t-elle déclaré en s'approchant d'une démarche chaloupée.

Quelque chose clochait chez Michelle, ce soir, et d'après les regards que lui lançait Josh, il s'en était aperçu également.

– Où est Sienna ? Est-ce que tu l'as vue ?

– Oh oui, je l'ai vue. J'ai vu ta salope de compagne sortir du penthouse d'un autre homme la nuit dernière, a lâché Michelle en battant des cils.

– Michelle, qu'est-ce que tu viens de dire ? a demandé Selena, en colère.

Melissa était pâle comme un linge.

– Vous voulez dire qu'aucune d'entre vous ne savait que Sienna se tapait son thérapeute ?

Michelle savourait chacun de ses mots.

Ce n'était pas la Michelle que je connaissais.

– Bébé, est-ce que tu as trop bu ? Qu'est-ce que tu racontes ? s'est inquiété Josh, sous le choc.

–Tu devrais faire très attention à ce que tu vas répondre, Michelle, je l'ai prévenue.

–Allez, Aiden, tu n'es pas idiot. Tu as bien senti qu'elle s'éloignait de toi. Qu'elle rentrait de plus en plus tard de la galerie. Qu'elle se désintéressait du sexe… du sexe avec toi en tout cas.

–Tu es une putain de menteuse, ai-je grogné. Les loups-garous ne peuvent rompre le lien qui unit deux compagnons.

Est-ce qu'elle essaie de me provoquer?

Michelle a souri d'une façon qui a fait se hérisser tous les poils de mon corps.

–En es-tu certain? a-t-elle demandé d'une voix basse qui n'était pas la sienne.

Bordel, qu'est-ce que…

Melissa a fait tomber sa flûte de champagne et s'est mise à crier tandis que Selena se couvrait la bouche avec horreur. J'ai attrapé Michelle – ou qui qu'elle soit – et j'ai commencé à la secouer.

–Où est Sienna? Dis-le moi, putain!

Josh a essayé de me tirer en arrière, mais je l'ai repoussé.

–Elle est toute seule, a raillé la voix qui parlait à travers Michelle. Mais plus pour longtemps.

–Michelle, qu'est-ce qui t'arrive? C'est quoi, ça, sur ton cou? s'est exclamé Josh en la saisissant.

Il y avait deux petits trous, comme une morsure de serpent, sur le côté du cou de Michelle. Quelque chose l'avait marquée, et ce n'était pas un loup-garou.

–Tu aimes? a dit Michelle dont la bouche commençait à écumer. Peut-être que Sienna me copiera et s'en fera faire une, elle aussi.

Non.

Mon cœur s'est mis à battre follement.

–Michelle, où est Sienna, putain? ai-je hurlé.

Ses yeux ont roulé dans leurs orbites et elle a commencé à convulser dans les bras de Josh.

–MICHELLE! a-t-il crié.

L'entité qui avait fait cela à Michelle allait s'en prendre à Sienna.

Il faut que j'arrive avant elle.

ÉPISODE 28

RUPTURE

Jocelyn

Le donjon de la Maison de la Meute était un vestige tout droit venu d'une autre ère. Même si certains anciens Alphas l'utilisaient à profusion dès que quelqu'un les regardait de travers, c'était la première fois que je le voyais utilisé depuis le début de mon mandat avec la meute de la côte Est.

J'errais dans les couloirs mal éclairés, laissant ma connexion avec Nina me guider à travers les tunnels qui sinuaient entre les fondations de la Maison de la Meute. Les sentiments que j'éprouvais pour Nina étaient toujours très forts, même si ma tête me répétait que tout ce que je savais à son propos n'était qu'un mensonge.

Alors que je tournais à l'angle d'un couloir, je l'ai découverte attachée au mur d'une cellule. Elle était couverte de poussière et de sang séché. J'ai glissé mes doigts à travers les barreaux, les larmes me sont montées aux yeux. Je détestais la voir dans cet état. J'ignorais ce qu'elle cachait, mais ce n'était pas une raison pour être traitée de la sorte. Elle a levé la tête et m'a souri faiblement.

– Jocelyn ? J'avais bien senti ta présence, mais je croyais me tromper. Je ne pensais pas que tu voudrais me revoir…

– Je voulais te donner l'occasion de me dire ce que tu ressens vraiment. Nina, sois honnête avec moi, est-ce qu'Aiden a dit la vérité ?

– Il a dit que j'étais une moins-que-rien, une cause perdue ? Parce que si c'est ça, eh bien oui, il a raison.

En d'autres circonstances, Nina aurait sorti une tirade pareille comme une blague, mais il n'y avait aucune pointe d'humour dans sa voix. Seulement de la douleur.

– J'entre, ai-je prévenu en poussant le loquet.

Je me suis agenouillée en face de Nina et j'ai sorti un torchon et de l'antiseptique de ma sacoche de médicaments.

– Laisse-moi soigner cette coupure sur ton visage, ai-je dit en tapotant son menton tandis qu'elle grimaçait. Qui t'a fait ça ?

– Jocelyn, tu sais bien que je ne suis pas une balance, a-t-elle plaisanté.

Rien, dans cette situation, n'était drôle, mais je préférais sans doute ne pas savoir, dans le fond. J'étais censée aider les gens à sortir de l'hôpital, pas à les y faire admettre.

– J'imaginais que la première fois qu'on utiliserait des menottes serait un peu plus sexy, a déclaré Nina en se forçant à sourire.

– Ça voudrait dire que je peux être la dominante, cette fois ?

J'ai placé mes mains au niveau du cœur de Nina.

– Est-ce que je peux ?

Elle a hoché la tête. J'ai fermé les yeux et concentré mon énergie. J'ai commencé à absorber la douleur de Nina dans mon propre corps et, cette fois, cela a vraiment fonctionné. Mes veines sont devenues noires et mon corps s'est mis à me faire mal comme si je venais de dévaler une colline.

– Arrête, ça suffit, a crié Nina.

Je suis tombée en arrière, épuisée, mais l'état de Nina semblait déjà s'être amélioré. Elle avait retrouvé des couleurs et elle était plus sauvage et belle que jamais.

–Putain, pourquoi t'as fait ça ?

–Parce que tu vas avoir besoin de ta force, je vais te libérer…

–Jocelyn, non. C'est toi qui vas te retrouver enfermée si tu fais ça, a-t-elle protesté.

J'ai placé ma main sur le visage de Nina.

–Tu n'as pas encore compris que je serais prête à tout pour toi ?

Je l'ai embrassée doucement et elle m'a rendu mon baiser.

–J'ai juste besoin de trouver quelque chose pour briser ces chaînes, ai-je dit en fouillant la cellule.

–En fait… m'a interrompue Nina en retirant une clé de sa poche.

–Hein, quoi ? Mais qu'est-ce que tu fais encore là ?

–N'est-ce pas évident ? Je n'allais pas partir sans t'avoir donné une explication.

–Nina, ce n'est pas la peine, ai-je dit en lui retirant les menottes.

–S'il te plaît, Jocelyn, il faut que je te le dise.

J'ai croisé les bras et détourné le regard.

–OK, vas-y.

–D'abord, il faut que tu saches que mes sentiments pour toi ont toujours été réels. Je n'ai jamais menti là-dessus, pas une seconde. Mais je suis une espionne. J'ai été envoyée ici… par quelqu'un de très puissant, a-t-elle avoué avec un ton très sérieux.

–Qui ? Une autre meute ?

–Non, ce n'est pas une meute, je ne peux pas te donner de nom. C'est pour ton bien. Mais, Jocelyn, ton amie Sienna… elle a attiré l'attention de quelqu'un qu'il ne faut pas prendre à la légère…

–Attends, Sienna ? Tu as été envoyée ici pour espionner Sienna ? ai-je demandé, sous le choc.

–Oui, je devais la surveiller et… si certains événements avaient lieu, je devais la supprimer. C'étaient mes ordres.

–Mais qui pourrait vouloir tuer Sienna ? Quelle menace pourrait-elle bien représenter ?

–Jocelyn, promets-moi que tu vas rester en dehors de tout ça. Je ne supporterais pas de te voir blessée. Je t'ai déjà fait assez de mal.

Nina m'a attirée dans ses bras et a posé son front contre le mien.

–Il faut que j'y aille, Jocelyn. Je n'aurais jamais pu remplir ma mission, surtout s'il s'agissait de quelqu'un proche de toi. Mais quand je briserai le lien qui m'unit à ma bienfaitrice, je devrai en affronter les conséquences...

–Alors, je les affronterai avec toi. On va s'en aller ensemble, ai-je répondu dans un sanglot.

–C'est quelque chose que je dois faire seule. Mais, Jocelyn, sache que...

Nina a levé mon menton et pressé ses lèvres contre les miennes avec passion.

–Tu mérites le monde, et j'aurais aimé pouvoir être en mesure de te l'apporter.

Ma voix s'est brisée :

–Ne t'en va pas, Nina.

Elle a reculé hors de la cellule, des larmes lui coulaient sur le visage.

–Ce n'est qu'un au revoir. On se reverra.

Nina était une excellente menteuse. Mais là, elle ne pouvait pas me mentir. Elle était bel et bien partie.

***

Alors que je retournais au bal de Yule, effaçant mes larmes, j'ai entendu du remue-ménage et des cris venir de la salle de bal, ponctués par des hurlements de Josh.

–MICHELLE !

Qu'est-ce qui se passe ici, bordel ?

Je me suis reprise et j'ai couru dans la direction du bruit pour découvrir un chaos généralisé. Tous les invités étaient dispersés tandis que Michelle...

Oh, mon Dieu.

Elle était suspendue en l'air, à moitié transformée. Des tables, des chaises, des couverts flottaient dans un vortex qui l'entourait. J'avais lu des histoires ce genre dans des journaux professionnels, mais je n'avais jamais vu un tel phénomène.

Une possession.

J'ai couru vers Josh qui essayait de l'atteindre.

–Michelle, écoute ma voix. Tu peux te battre. Je sais que tu es là, quelque part, disait-il, les larmes coulant sur son visage.

–Josh, attention, ai-je hurlé en le taclant juste au moment où une table s'est écrasée exactement à l'endroit où il se tenait quelques instants auparavant.

–Jocelyn, je ne sais pas quoi faire, a-t-il dit, désespéré.

–J'ai peut-être une idée, mais il va falloir que tu m'aides à m'approcher.

Sienna

Je ne pouvais pas rester ici. Ce n'était pas sûr.

Konstantin savait où je me trouvais, et que je l'aie banni de mon esprit ne signifiait pas qu'il ne viendrait pas me chercher. Il fallait que je rejoigne Aiden à la Maison de la Meute. Il n'avait même aucune idée qu'un vampyre était parmi nous. Un vampyre que j'avais moi-même accueilli. Konstantin était une menace pour la meute et je l'avais eu juste en face de moi pendant tout ce temps.

Alors que je courais dans ma galerie, les lumières ont commencé à vaciller. Il était déjà trop tard. Konstantin est apparu dans un nuage de fumée noire, me bloquant la sortie.

–Sienna, ma chère, tu partais ? Je viens seulement d'arriver !

–Tu es un vrai malade ! Je n'aurais jamais dû te faire confiance ! ai-je craché.

–Mais comment aurais-tu fait pour retrouver tes parents ? a-t-il raillé.

–Je les retrouverai avec mes propres moyens. Je n'ai pas besoin de toi ni de tes pouvoirs.

Konstantin a explosé d'un rire diabolique et s'est matérialisé juste devant moi.

– J'ai un cadeau supplémentaire pour toi, Sienna, a-t-il déclaré en touchant mon front avant que je puisse l'en empêcher.

***

J'étais dans les bois, il faisait nuit, et c'était un endroit que je ne reconnaissais pas. Ce n'était pas un de mes souvenirs, c'était l'un de ceux de Konstantin.

J'ai entendu des brindilles se briser au loin et je me suis préparée.

J'étais certaine que Konstantin ne pourrait pas me faire de mal physiquement quand nous étions liés mentalement, sinon il l'aurait déjà fait. Mais quoi qu'il veuille me montrer, cela allait à coup sûr me faire du mal psychologiquement.

Des bruits de pas. Quelque chose approchait.

Ma mère est arrivée brusquement dans la clairière, à bout de souffle. Elle fuyait quelque chose. Un nuage de fumée noir plutôt familier est descendu sur la clairière, rendant impossible de voir quoi que ce soit jusqu'à ce que Konstantin se matérialise. Il s'est avancé vers ma mère, l'air menaçant.

– Où est-elle ? Où est l'enfant, Vanessa ?

– Tu ne la trouveras jamais, Konstantin. Je m'en suis assurée.

– Idiote. Tu as laissé ton amour pour ta progéniture prendre le pas sur ton jugement. Nous aurions pu obtenir un pouvoir sans limites.

– Non, Konstantin. C'est toi qui as laissé ta soif de pouvoir détruire tout ce qui était bon en toi. S'il y avait quelque chose de bon.

– Vanessa, tu n'es pas obligée d'avoir le même destin que ton compagnon. Il n'était pas très coopératif, lui non plus, et tu as vu quelles ont été les conséquences.

– Je mérite le destin que les divinités jugeront convenable après ce que l'on a fait. J'accepte ma pénitence, mais ma fille ne sera un pion ni pour toi ni pour elles. Elle mérite une vie normale.

De quoi parlait-elle ? Je tremblais. Je ne pouvais rien faire d'autre qu'observer, j'étais une spectatrice captive.

–Tu me déçois, Vanessa. Tu es digne d'être Alpha. La puissance court dans tes veines. Mais si tu refuses de le reconnaître…

Konstantin a disparu et réapparu derrière ma mère, tenant une lame contre sa gorge.

–Non, espèce de bâtard ! ai-je crié.

Elle a fermé les yeux, l'air apaisée.

Tout ce que je pouvais voir, c'était la couleur rouge.

***

Notre lien s'est rompu et je suis tombée par terre.

–Tout ce que tu m'as dit était un mensonge, ai-je dit en tentant de respirer.

C'était comme si on avait tranché ma propre gorge.

–Tu te trompes sur mes intentions. J'ai toujours été le seul à vouloir te guider vers la vérité.

Konstantin s'est agenouillé et a levé mon menton pour que je sois obligée de rencontrer son regard. J'étais trop choquée pour me débattre.

–Tu n'as aucune idée de qui tu es vraiment, de la puissance que tu as en toi. D'autres, beaucoup plus dangereux que moi, vont chercher à te détruire avant que tu ne découvres ce pouvoir. Je veux simplement t'aider.

De la fumée noire a tournoyé, venant de sous la cape de Konstantin, et m'a entourée.

–Laisse-moi te soulager de ton fardeau.

ÉPISODE 29

RÉVEILLÉE

Aiden

S'il lui fait du mal, je vais le… putain de…

Ma voiture a dérapé sur la route verglacée tandis que j'accélérais vers la galerie de Sienna. C'était le premier endroit où je savais qu'elle se rendrait si elle avait besoin d'espace. Elle devait y être. Et si j'arrivais trop tard ? Et s'il la contrôlait comme il l'avait fait avec Michelle ? Non, impossible. Sienna était forte. Elle résisterait. Elle le combattrait.

Mais ce pouvoir… je n'avais jamais rien vu de la sorte. Quel genre de créature était capable de ça ?

Alors que je m'approchais de la galerie, j'ai senti Sienna. Elle était toujours en vie, et toujours elle-même. Mais j'ai aussi senti quelque chose d'autre. Quelque chose de sombre.

Il est déjà là.

J'ai pris un virage serré et j'ai roulé sur une plaque de verglas qui a envoyé la voiture dans un tête-à-queue devant la galerie. Hors de contrôle, la voiture s'est pris une bouche d'incendie de plein fouet et m'a propulsé en avant, ma tête s'est écrasée contre le pare-brise.

Alors que l'eau affluait et commençait à s'insinuer entre les craquelures de la vitre, je luttais pour rester conscient.

Tout était flou. Du sang coulait sur mon visage.

– Merde.

Sienna.

J'ai envoyé valser si fort la portière passager qu'elle a voltigé et a atterri quelque part sur le trottoir.

Sa galerie était remplie d'une espèce de fumée noire épaisse qui m'empêchait de distinguer quoi que ce soit.

Prépare-toi, connard!

J'ai reculé pour prendre de l'élan et me suis projeté en avant, mes muscles ont déchiré mes vêtements alors que je commençais à me transformer. J'ai sauté et terminé ma métamorphose en l'air, emportant avec moi l'épaisse vitrine.

Un homme, non, une sorte de démon, dominait le corps de Sienna. Quand je suis arrivé droit sur lui en grognant, il a sauté sur le côté et a révélé ses longues canines protubérantes. C'était un vampyre, j'en étais certain. Raphael m'avait alerté sur cette engeance. J'ai desserré mes mâchoires, montrant mes crocs, et j'ai grogné de toutes mes forces.

J'allais renvoyer ce pâle fils de pute en enfer.

Jocelyn

J'ignorais totalement si j'étais assez forte pour réussir, mais il fallait que j'essaie. J'avais été capable d'absorber la douleur de Nina, mais celle de Michelle… Elle n'était pas juste en souffrance. Elle était possédée.

Les guérisseurs sont résistants à toute forme de possession – du moins, c'était ce que j'avais lu –, mais la théorie est bien différente de la pratique.

J'ai regardé le vortex composé des meubles de la Maison de la Meute qui protégeaient Michelle de nous. Selena et quelques autres personnes étaient coincées derrière un podium, à l'autre bout de la pièce, sans aucun moyen de s'échapper. J'ai regardé Josh. Je lui ai fait comprendre de courir à mon signal.

–Josh, j'ai besoin que tu distraies Michelle pendant que j'essaie de m'approcher.

–Je m'en occupe, a-t-il hurlé en chargeant en avant, utilisant ses griffes pour fendre tout ce qui entravait son chemin.

–Le Bêta se réveille enfin, a raillé l'entité qui possédait Michelle. Mais va-t-il être à la hauteur?

Elle a levé les bras en l'air et Josh a été précipité contre un lustre, se le prenant de plein fouet avant d'atterrir sur le sol comme une poupée de chiffon.

Selena et son groupe ont foncé vers la porte pour essayer de se mettre en sécurité.

–Courez, ne regardez pas en arrière! a hurlé Selena.

–Qu'est-ce que tu crois que tu fais?

Selena a poussé un cri quand elle a été tirée en arrière, glissant sur le sol vers Michelle. J'ai plongé en avant et j'ai attrapé sa main.

–Jocelyn, je t'en prie, ne me lâche pas, a-t-elle imploré.

Michelle était trop puissante. Nous n'avions aucune chance.

Il nous fallait un miracle.

Aiden

J'ai attrapé le vampyre par son manteau et l'ai projeté contre le mur, l'envoyant valser parmi les peintures de Sienna avant de l'expédier dans une sculpture. Chaque fois que je pouvais l'attraper, je pouvais lui faire mal, mais il était vif et pouvait disparaître et réapparaître en une poignée de secondes. J'ai bondi sur lui et il s'est scindé en deux, l'air fier de lui. Avant que je ne puisse décider lequel des deux mutiler en premier, ils se sont transformés en mon père et ma mère.

–Tu n'es qu'un moins-que-rien. Tu ne fais jamais rien de bien, a persiflé Charlotte.

–J'aurais préféré que ce soit toi qui meures, à la place d'Aaron, a murmuré Daniel à mon oreille en décrivant des cercles autour de moi.

C'est quoi ce bordel? Comment est-ce qu'il en sait autant sur moi?

– Sienna m'a révélé toutes ses peurs et ses désirs, ainsi que les tiens.

Il a ri avant de se démultiplier dans une douzaine de versions de lui-même, toutes hilares. Ce connard n'était qu'un piètre magicien, il ne savait que jouer des tours pathétiques. Je n'allais pas entrer dans son jeu. J'ai attrapé un seau de peinture entre mes mâchoires et je l'ai déversé sur ses doubles. La couleur ne s'est accrochée qu'à l'un d'entre eux...

J'ai saisi l'opportunité. J'ai plongé dans sa direction et l'ai mordu au côté.

Jocelyn

Michelle a hurlé de douleur, comme si quelque chose à l'intérieur d'elle était en feu. Tous les meubles qui flottaient se sont écrasés sur le sol et elle a commencé à chuter elle-même. Josh est passé à l'action et l'a rattrapée, roulant sur lui-même en la maintenant contre lui. Ce serait peut-être notre seule occasion. J'ai couru vers Michelle. Son corps a été pris de tremblements et elle essayait de se défaire de l'emprise de Josh.

– Jocelyn, dépêche-toi, je ne vais pas pouvoir la tenir beaucoup plus longtemps.

– Selena, fais sortir tout le monde et barricade la porte derrière toi, ai-je ordonné.

Elle a hoché la tête et a commencé à rassembler les derniers invités pour les entraîner vers la sortie.

J'ai attrapé le visage de Michelle, Josh maintenait son corps.

– OK, ma chérie, on va te ramener.

J'ai commencé à absorber ce qui était à l'intérieur de Michelle dans mon propre corps.

Putain de merde, c'est vraiment bizarre.

À nouveau, mes veines ont commencé à devenir noires et j'ai aspiré l'obscurité jusqu'à ce que toute énergie quitte mon cerveau. Mes yeux se sont assombris et soudain, je n'ai plus pu voir quoi que ce soit. J'ai commencé à haleter, ma physiologie de guérisseuse rejetait l'intrus. Brusquement, j'ai vomi un liquide noir sur le sol, et ma vision est revenue à la normale.

Oh, mon Dieu.

C'était comme si j'avais avalé des litres de goudron.

Michelle était étendue paisiblement dans les bras de Josh.

–Je pense… qu'il est parti.

–Jocelyn, elle ne bouge plus, a dit Josh avec calme.

J'ai immédiatement cherché son pouls. Elle était…

Toujours vivante. Dieu merci.

En vie, mais immobile. J'ai tenté de transférer mon énergie vers elle, mais son corps ne l'acceptait pas. L'obscurité était partie, mais Michelle était dans le coma, et je n'avais aucune idée de la manière de la ramener jusqu'à nous.

Aiden

Le vampyre était blessé, néanmoins je sentais que, malgré tout, son pouvoir n'en était que décuplé. Il n'était pas là pour plaisanter.

–J'ai essayé d'être à deux endroits à la fois. C'était mon erreur. Mais ne te méprends pas, maintenant, c'est tout mon être que tu as en face de toi.

J'ai jeté un œil vers le corps inconscient de Sienna au centre de la galerie. Il fallait que je le tienne éloigné d'elle à tout prix.

Sienna.

Sienna, il faut que tu te réveilles.

J'ai besoin de toi.

J'espérais qu'elle n'était pas partie trop loin, mais notre lien mental n'a rien donné.

Le vampyre a fusé vers moi comme une flèche, me taclant et m'envoyant rouler sur le sol. Alors que j'essayais de me remettre sur mes pattes, il m'a plaqué encore et encore. Mes côtes ont craqué sous l'effet de ses coups successifs et j'ai hurlé d'agonie. Il m'a laissé, roulé en boule sur le sol, et a tourné son attention vers Sienna.

Non ! Ne le laisse pas l'approcher !

Je me suis à nouveau transformé en humain et je me suis relevé en me tenant les côtes.

– Hé, trou du cul, si tu veux jouer avec l'esprit de quelqu'un, pourquoi est-ce que tu n'essaies pas le mien ? Là, maintenant, j'ai des super pensées sur la façon dont je vais te déchirer en deux.

Il s'est retourné et s'est moqué de ma tentative de me maintenir debout malgré mes blessures.

– Si tu insistes, Alpha, c'est avec plaisir que je te tuerai en premier. Comme ça, instiller encore et encore et jouer la scène où je t'ai arraché la tête dans l'esprit de Sienna.

Alors que le vampyre s'avançait vers moi, un loup a grondé derrière lui.

Sienna.

Elle l'a plaqué au sol et a enfoncé ses crocs dans son épaule d'un seul mouvement rapide. Il a crié quand elle a tiré de toutes ses forces et emporté un morceau de son corps avec elle, morceau qui s'est aussitôt évaporé dans les airs.

Le reste de son corps a commencé à disparaître également, il était clair qu'il n'avait plus aucun contrôle sur lui-même.

– Non, pas encore, j'étais si proche !

Sienna s'est transformée et a couru vers moi, plaçant mon bras autour de son épaule pour m'aider à rester debout. Nous avons tous les deux regardé dans sa direction alors qu'il tombait en poussière.

– Je ne vais pas disparaître pour toujours, Sienna. Je serai toujours à l'intérieur de toi. Tu m'as invité à entrer et je reviendrai… a rugi le vampyre.

Son corps était en miettes avant qu'il ait pu finir sa tirade.

Sienna m'a serré dans ses bras et a calé son visage contre mon épaule. J'ai grimacé à cause de mes côtes fêlées, mais je m'en foutais. Cela me faisait trop de bien de l'avoir contre moi, de savoir qu'elle était en sécurité dans mes bras.

Sienna

Je portais une blouse d'artiste et un vieux jean appartenant à Aiden ainsi que des bottes pour rentrer chez nous. Il avait réussi à préserver ses vêtements au moment de se transformer, mais ma robe dorée n'avait pas eu cette chance. Et la voiture d'Aiden non plus.

On marchait en silence, mais je savais qu'Aiden avait un million de questions. J'étais prête à y répondre. J'avais déterré tellement de secrets enfouis, et maintenant ils me hantaient. Il y avait tant à dire…

À propos de Konstantin.

De ses pouvoirs.

De mes pouvoirs, que je ne comprenais pas encore.

Ma mère.

Mon père, Rowan, qui pourrait toujours être quelque part…

Mais là, maintenant, j'appréciais juste qu'il me tienne la main et que nous marchions en silence. Il avait été présent pour moi, ce soir, et je l'avais été en retour. Ce serait toujours ainsi. Je lui expliquerais tout, une fois que nous serions en sécurité, à la maison.

Alors que nous approchions, il s'est mis à neiger à nouveau, sauf qu'il faisait trop chaud pour cela. La lumière, sur la ligne d'horizon, était orange, et c'est alors que j'ai compris qu'il ne s'agissait pas de neige… C'était de la cendre.

–Aiden…

Il s'est mis à courir devant moi, traversant le pont pavé et puis les rangées d'arbres. Je savais ce que je m'apprêtais à voir, mais quand la maison est enfin apparue, je me suis quand même couvert la bouche.

Notre foyer.

En feu, pris dans un brasier infernal.

ÉPISODE 30

FAMILLE

Sienna

Après l'incendie, notre vie a basculé dans le chaos absolu.

– Aiden, sors de cette fichue salle de bains, j'ai besoin d'aller aux toilettes ! a crié Selena en tapant contre la porte. J'ai un énorme bébé qui pousse sur la vessie, *toute la journée.*

– Selena, peux-tu, s'il te plaît, ne pas crier sur mon patron ? a dit Jeremy, inquiet.

– Ce n'est pas ton patron quand il est ici, Jeremy. C'est un membre de la famille, a indiqué ma mère d'un ton enjoué, tout en se frayant un chemin à côté de moi, les bras remplis de trois brassées de linge.

– Non, quand il est dans la salle de bains, c'est mon ennemi juré, a rétorqué Selena. Aiden, SORS DE LÀ !

C'était un chaos réjouissant.

La porte de la salle de bains s'est ouverte d'un coup et Aiden s'est retrouvé debout dans le couloir, tout juste sorti de la douche, ne portant rien d'autre qu'une serviette, des gouttes d'eau toujours accrochées à ses abdos rutilants.

Dieu merci, la Frénésie est terminée.

– Sainte Mère des loups, a grogné Aiden. J'ai fini. Tu peux te calmer ?

– Oh non, a marmonné Jeremy.

Les yeux de Selena sont sortis de ses orbites si fort qu'ils étaient aussi proéminents que son ventre.

– Ne dis jamais à une femme *enceinte* et au bord de *l'explosion* de se CALMER, a-t-elle pratiquement hurlé en passant à côté de lui pour entrer dans la salle de bains en claquant la porte derrière elle.

Aiden a juste haussé les épaules.

– Oh, Melissa, est-ce que je peux ajouter ça à la lessive ? a-t-il dit en se séparant de sa serviette de toilette et en la jetant sur le tas qu'elle portait.

Il est parti dans le couloir, complètement nu, sous mes yeux mortifiés.

Un chaos réjouissant, oui, mais j'avais quand même hâte que les travaux de notre maison soient terminés.

Le petit foyer de mes parents était surpeuplé depuis que Jeremy et Selena avaient décidé d'y emménager en attendant l'arrivée du bébé, qui aurait lieu d'un jour à l'autre.

– Sienna, viens m'aider pour faire les sandwichs, a crié mon père depuis la cuisine.

Quand je l'ai rejoint, il m'a jeté un regard inquiet. Il faisait ça constamment depuis qu'on avait emménagé chez eux.

– Comment tu t'en sors, ma chérie ? Tout va bien ? Est-ce que la maison est assez confortable pour Aiden et toi ? Parce que si tu as besoin de quoi que ce soit…

– Papa, je vais bien, vraiment. Vous avez été extra de bien vouloir nous accueillir, le temps que notre maison soit reconstruite.

Je n'avais pas raconté à ma famille tout ce qui était arrivé avec Konstantin, mais ils en savaient assez. J'avais gardé pour moi les détails concernant mes parents biologiques parce que je savais qu'ils leur briseraient le cœur et, en vérité, je n'étais toujours pas prête à en parler.

Aiden, lui, savait tout.

Cela avait été une épreuve, de revivre tout ce qui m'était arrivé. Je m'étais sentie sale et trahie par les actions de Konstantin. Il m'avait utilisée. Il avait essayé de me manipuler, de me briser mentalement, de briser Aiden physiquement, et il avait réduit en cendre notre foyer, mais au bout du compte, notre lien en était sorti renforcé.

Nous n'étions pas des proies si faciles, maintenant, il le savait. Et il était quelque part, affaibli, sans doute, et toujours tapi dans l'ombre. Cette simple idée faisait bouillir mon sang.

Après tout ce qui s'était passé, Josh avait mis sur pied une milice anti-vampyres. Chasser Konstantin était quasiment devenu une obsession pour lui, mais cela faisait quatre semaines, et rien ne mordait – littéralement ou métaphoriquement – à l'hameçon. La vigilance de Josh me faisait me sentir plus en sécurité, mais elle m'attristait également. Il avait beaucoup de temps libre ces jours-ci…

Tout en découpant des légumes en silence à côté de papa, j'ai pensé à mon père biologique, qui qu'il soit. C'était une pensée fugace. J'ai souri à mon père et lui ai serré la main. Je n'avais pas besoin de partir à la recherche de mon père. Il était juste là.

Aiden est entré dans la cuisine, Dieu merci, il s'était habillé, il s'est ouvert une bière.

– Vous en voulez une, Robert ?

Il avait l'air vraiment ravi de passer tout ce temps en famille. Et je n'allais pas lui en tenir rigueur. Il n'avait jamais connu ça.

– Oui merci, a-t-il répondu en prenant la bouteille et en trinquant avec Aiden.

– Hé, et moi alors ? ai-je protesté en prenant ma propre bière.

Selena s'est glissée dans la pièce avec l'aide de Jeremy et s'est effondrée sur une chaise. Maman est arrivée avec une tarte aux pommes qui faisait déjà saliver Aiden.

– Tout juste tiède après un tour sur le bord de la fenêtre, exactement comme ma mère la préparait, a-t-il dit.

–Aiden, arrête de baver, ai-je ri. Même *moi,* tu ne me regardes pas comme ça à moins d'être Frénétique.

–Est-ce que tout le monde a à boire ? a demandé mon père alors que nous levions nos bouteilles en l'air.

–J'aimerais bien… a soupiré Selena en se tenant le ventre.

–À quoi devrions-nous trinquer ? s'est enquis Aiden en parcourant la pièce du regard.

Je ne savais pas ce que je ferais sans ces gens extraordinaires dans ma vie. Ils étaient mon ancrage et m'avaient ramenée à bon port quand Konstantin avait essayé de me noyer. Les gens dans cette pièce étaient la véritable source de ma puissance.

–À la famille ! ai-je souri.

***

Tout en me préparant à aller au lit, j'ai observé mon reflet dans le miroir de la coiffeuse que mes parents avaient acheté pour moi quand j'étais petite fille. Je me sentais un peu gamine de l'utiliser encore. Tant de choses avaient changé ces dernières années. Je ne m'étais toujours pas habituée non plus à occuper ma chambre d'enfant avec Aiden, mais lui était fasciné par tout ce qu'elle contenait…

Mes premières aquarelles de l'école primaire.

Mon énorme collection de trophées de cross.

Les peluches que j'avais à moitié déchirées quand je n'étais qu'un bébé loup.

Quand nous venions d'emménager, je l'avais surpris en pleine lecture d'un de mes vieux journaux intimes et il avait failli connaître le même sort que mes animaux en peluche.

Maintenant, il était étendu sur le lit, seulement vêtu d'un boxer, regardant la fresque murale étoilée que j'avais peinte sur mon plafond quand j'avais quinze ans. Son expression d'admiration sincère m'a fait l'aimer d'autant plus.

J'ai grimpé sur lui et l'ai embrassé avec passion. Je n'étais peut-être plus Frénétique, mais j'avais toujours des besoins.

–Quelqu'un cherche des ennuis, a-t-il grogné en souriant et me hissant contre la tête de lit.

–Et je les trouve toujours, ai-je ronronné en retour, posant la main sur la protubérance qui apparaissait sous son boxer.

Il m'a jetée sur le lit et n'a pas attendu pour me retirer mes sous-vêtements et m'écarter les jambes. Sa barbe de trois jours a frotté l'intérieur de mes cuisses alors qu'il plongeait vers mon sexe, langue en avant.

–Oui, comme ça, ai-je murmuré en m'agrippant aux draps.

Aiden s'est assis et a écarté mes jambes un peu plus, plaçant sa queue contre l'entrée de mon sexe. Il m'a taquinée, me pénétrant un tout petit peu avant de se retirer.

–J'en veux plus, ai-je dit à bout de souffle.

–C'est toi qui l'as demandé, a grogné Aiden en plaçant doucement sa main sur mon cou.

J'ai laissé échapper un petit gémissement qui s'est transformé en un cri aigu quand il m'a pénétrée.

Une fois le rythme en place, ses poussées étaient paradisiaques. J'étais sur le point d'exploser de plaisir.

–Aiden, je... oh, putain, je vais...

Mon abdomen s'est tendu et mon dos s'est cambré.

–Je viens. Oh putain, je...

–IL ARRIVE, a hurlé ma mère en tapant sur la porte de la chambre. LE BÉBÉ EST BIENTÔT LÀ!

***

Même si elle avait choisi le moment le plus gênant pour arriver, j'étais transie d'excitation de rencontrer ma nièce. Mes parents se tenaient par la main, anxieux, assis à côté d'Aiden et moi. Nous étions tous dans la salle d'attente. Cela faisait déjà deux heures que le travail de Selena avait commencé.

–Tu sais, je crois que j'ai repéré un placard à fournitures, là-bas dans le coin, a murmuré Aiden en glissant sa main sur ma jambe. On pourrait finir ce qu'on a commencé...

Je lui ai mis une tape. *Les hommes.* Ils ne pensaient qu'à ça. Même si je devais admettre que ce n'était pas la pire des façons de passer le temps...

Soudain, Jocelyn a poussé les doubles portes, elle arborait un énorme sourire.

– Alors ? s'est écriée maman en bondissant de sa chaise.

– Une petite fille en très bonne santé et très heureuse. Elle est déjà prête à vous rencontrer, a annoncé Jocelyn en nous invitant dans la chambre de Selena.

Jeremy était penché sur sa femme et son enfant avec un air d'absolue dévotion. Selena tenait sa jolie petite fille – ma première nièce – dans ses bras. Son visage était couvert de larmes.

Je commençais moi-même à être submergée par l'émotion. Tant pis pour la dominance. J'étais beaucoup trop heureuse pour elle. Aiden a saisi ma main. On aurait presque dit qu'il avait les yeux mouillés lui aussi. *Presque.*

– Comment s'appelle-t-elle ? a roucoulé maman en admirant le minuscule être qui était sa petite-fille.

– Oh, mon Dieu. Nous n'y avons pas réfléchi encore ! a dit Selena en fondant en larmes. Elle n'a pas de nom !

– Chérie, tout va bien, ne pleure pas. On va en trouver un. Nous avons le temps, a dit Jeremy en tentant nerveusement de la calmer, elle et ses hormones en folie.

Une vision s'est alors imposée à mon esprit – des cheveux roux, des yeux fiers. Quelqu'un d'important, qui méritait d'être honoré.

– Que diriez-vous de... Vanessa ?

Les yeux de Selena se sont illuminés.

– C'est... c'est parfait. C'est magnifique. Mais pourquoi Vanessa ?

– Pas de raison particulière, ai-je prétendu tandis qu'Aiden me lançait un regard appuyé. Je trouve juste que ça lui va bien.

– Moi aussi, a-t-elle répondu en bâillant, ses paupières se faisaient lourdes.

– OK, maman et la petite Vanessa ont besoin de se reposer, a ordonné Jocelyn. Vous pourrez tous revenir admirer le bébé dans la matinée.

Jocelyn a touché légèrement mon épaule au moment où je quittais la chambre.

–J'ai une autre patiente à voir, si tu souhaites m'accompagner.

J'ai hoché la tête, mon estomac s'est noué.

***

Elle avait l'air apaisée… sauf qu'elle ne dormait pas, ou en tout cas, pas volontairement.

Oh, Michelle… tout cela est ma faute…

Alors que ma meilleure amie était allongée, inerte, dans son lit d'hôpital, une vague de culpabilité m'a parcourue. Sans moi, elle ne se serait jamais précipitée chez Konstantin et il n'aurait jamais pu l'utiliser pour essayer de m'atteindre.

Jocelyn a attrapé ma main et ses yeux ont commencé à se mouiller.

–Ne te sens pas coupable, a-t-elle affirmé. Parfois les gens entrent dans nos vies et mentent, et ces mensonges infectent tous ceux qui nous sont le plus proches.

–Mais… si j'avais aidé ces mensonges à se propager ?

–Tu tentais seulement de trouver des réponses sur ton passé. Je suis sûre qu'il le comprend, m'a-t-elle assuré, son regard se posant au loin. Aiden ne veut rien d'autre que te protéger.

–Peut-être qu'elle essayait seulement de te protéger également, ai-je dit avec précaution en observant Jocelyn se raidir. Je suis désolée, je ne voulais pas… Aiden m'a raconté à propos de Nina. As-tu de ses nouvelles ?

–Non, a répondu Jocelyn, l'air absent. Mais je préférerais ne pas en parler.

La porte s'est ouverte à la volée et Josh a débarqué, l'air épuisé et pâle. Il arborait une barbe fournie et des cernes profonds.

Il n'avait pas lâché un seul moment la battue pour retrouver Konstantin depuis que Michelle était plongée dans le coma.

–Oh, euh… je ne pensais pas que vous seriez là, a marmonné Josh sans me regarder dans les yeux.

– On va vous laisser, a déclaré Jocelyn doucement. Dis-moi si tu as besoin de quoi que ce soit.

Jocelyn m'a poussée hors de la pièce, je me suis retournée une seconde pour voir Josh poser son front contre celui de Michelle.

Je ne te laisserai pas faire ça seul, Josh. Nous le retrouverons. Et on la ramènera.

***

Aiden a placé son bras autour de mes épaules alors que nous remontions l'allée menant à la maison de mes parents. Le soleil commençait à poindre derrière les arbres.

– Les choses vont revenir à la normale, Sienna. Ta famille sera toujours là, dans la joie comme dans l'adversité. *Notre* famille sera toujours présente, m'a assuré Aiden.

– Bien sûr, ai-je répondu en forçant un sourire avant d'appuyer ma tête contre sa poitrine.

Rien ne m'avait paru normal depuis que Konstantin avait envahi ma tête et mon corps, mais je ne voulais pas inquiéter Aiden. Je sentais un pouvoir étrange à l'intérieur de moi, un pouvoir que je ne comprenais pas… Et il grandissait de jour en jour.

Rowan

Alors que les rayons du soleil levant couronnaient sa tête, on aurait dit que ses magnifiques cheveux s'enflammaient. Elle était si belle, presque une copie parfaite.

Je l'ai regardée marcher avec son compagnon, et cela a remué une émotion en moi qui avait été enfouie pendant très longtemps.

– Elle ressemble tellement à sa mère.

À suivre